雪舞的时节

SNOW DANCE SEASON

郭轩宇 著

文化发展出版社
Cultural Development Press
·北京·

图书在版编目（CIP）数据

雪舞的时节 / 郭轩宇著. — 北京：文化发展出版社，2024.6
ISBN 978-7-5142-4298-0

Ⅰ.①雪… Ⅱ.①郭… Ⅲ.①诗集－中国－当代 Ⅳ.①I227

中国国家版本馆 CIP 数据核字(2024)第 102820 号

雪舞的时节

郭轩宇 著

出 版 人：宋 娜
责任编辑：孙 烨　　责任校对：岳智勇
责任印刷：邓辉明　　封面设计：铧文
出版发行：文化发展出版社（北京市翠微路 2 号 邮政：100036）
发行电话：010-88275993　010-88275711
网　　址：www.wenhuafazhan.com
经　　销：全国新华书店
印　　刷：唐山楠萍印刷有限公司

开　　本：710mm × 1000mm　1/16
印　　张：21.25
字　　数：200 千字
版　　次：2024 年 6 月第 1 版
印　　次：2024 年 6 月第 1 次印刷

定　　价：98.00 元
I S B N ：978-7-5142-4298-0

◆ 如有印装质量问题，请与我社印制部联系　电话：010-88275720

目 录

时令

◆ 花语

◆ 雪舞

◆ 心动

◆ 行吟

序

刘笑伟

郭轩宇的诗集《雪舞的时节》写的是季节之诗、情感之诗，更是思想之诗、生命之诗。

这部诗集中的152首新诗，以二十四节气的时序为经，以个体生命的体察、感悟与思索为纬，用流畅的诗歌语言，建构了一个独特的时令、自然与人生的人文景观。在这独特的景观里，季节的流转，故乡的山水，摇曳的花朵，乃至自然与生命中的细微变化，都被赋予了一种意味深长的认知。诗人书写的是时间、空间与人间这三个维度，承接的是中国古代“天人合一”的哲学思想，又融汇了西方意象派、现代派等的艺术技法，使得这部诗集成为最近一段时间以来，我读到的为数不多的精彩耐读的诗集之一。

“寻找”应该成为这部诗集的主题词之一。在《追寻星海，在有爱的方向》这首诗中，诗人写道：“我们在记忆中寻找／寻找那个精神的支点／寻找那个灵魂的坐标／还有那个不朽的旋律。”我想，这个“精神的支点”正是诗人所要寻找的终极目标。在诗中，诗人寻找着初心：“以一首诗的追随／沐浴着灵魂的脚步／百折不摧，初心不改／一个生命的力量／就该张扬，那些爱的翅膀”（《在诗行里我们寻找丫丫》）；也在寻找着精神的桃花源：那里，“有一星灯火阑珊／有一瓣桃花入骨”（《醉寄桃花源》）；他还在寻找着生命中的那些温暖的回忆：

"冬天的村口没有积雪／是因为妈妈温暖的站立／一颗心的火热／足以烘托一个村庄的温度／让土地复苏，柳树发芽"（《入冬，从深记的村口说起》）；他在灯火摇曳的古巷里，寻找人类文明的价值与方向："或许，这条灯影摇曳的古巷／就像生命的纹理一样／清晰地标识出人类文明的走向"（《夜读石板街》）。

诗歌的意义在于发现，发现的方法唯有寻找。在这部诗集中，诗人将宏观感受与微观感受有机融合，使诗歌既"站得高，看得准"，又能够通过具体的情节与意象，增强其艺术感染力。只有在寻找中，他才能发现"在心中铧开的，除了光／还有那些有光的麦田"（《铧》），也只有在寻找中，他才能感受到"思想如喷涌的火花，照亮额头／朝着有光的方向，展开爱的翅膀"（《今夜，穿过长沙》）。

"生命"应该是这部诗集的第二个关键词。诗歌要感人，必须有血有肉，有深切的悲伤、欣喜、痛苦抑或无奈。在表现生命感受方面，诗人调动了感受主体的多种感觉器官，通过视、听、味、触等多种感受途径，对生命本体进行多角度的感受，并传达出了独特的生命体验。他体验过生命被点燃的感觉："你一脸踌躇／用你传世经典的提问／穿越时空中所有的稻浪和麦田／让昂扬的生命再一次／点燃；一场硕大的风雪之后／珠江被冻结在北方"（《登黄山鲁与丫丫邂逅》）；在新的一年开启之际，他表达生命中的欣喜与期待："新年的列车开出心的站台／满载着幸福，希冀，还有祝愿／沿黄河故道，顺长江流域／驶向喜马拉雅，驰往天涯海角／在这新年的喜庆里／我只想谈论幸福，深情以待／我也想煮茶热酒，举杯邀月"（《新年的期待》）；在四季的轮回中，他品味阅读的意义："阅读，我只想在夜深人静处／剪一缕月光，任心眉舒展／斟一壶老酒，能对月当歌／或者干脆蘸取一把梅花／把心浇成火红，像太阳一样／嘹亮自己，也温暖大地”（《生命是一场阅读》）；在白露降临之时，他感受生命的体温：“或许，我们不用理会／草木的荣枯，生命的长度／我们只用一瓢，饮出澄澈和清甜／我们只取一滴，留住天真和浪漫／我们只要一瞬，绽放激情和静美／即使如昙花，仍要再现／生命的形态，还有温度”（《白露》）；在春天来临的时刻，他的生命与大地一起觉醒：“可我，却卑微成一个细小的虫体／但我的心是孤傲的，清高冷艳／即使埋没在沙砾，或者废墟／都会以退守的力量，发光”（《春天里》）。

在这部诗集中，生命的价值和意义，与时光的流转、四季的更替巧妙地交织在一起，让生命更有了时间力量的映衬与托举，让四季也有了人的生命与体温。诗的感受是瞬间的，而诗歌的意义正在于：它可以把这种瞬间的感受，通过精短的语言放大为艺术的永恒。

在我看来，“境界”这个词，可以成为这部诗集的第三个关键词。境由心造。造境，既是诗歌的技法，也体现出诗人将主观情意与客观物境巧妙融合在一起的能力与水平。在这部诗集中，诗人或触景生情，或移情入境，或物我交融，总能找到造境的方式。诗人用色彩造境：“黄山鲁的黄昏是蓝色的／天空是湛蓝的，海洋也是／眼睛是湛蓝的，心灵也是／树是湛蓝的，岩石也是／爱情是湛蓝的，玫瑰也是／风自黄昏起，也自黄昏落／交付出一个长宁的春日”（《黄昏，黄山鲁》）；“在这麦浪滚滚的盛夏／以一个诗人对一个诗人的景仰／或者纪念，把自己交给诗和远方／要么融入江水，要么染黄麦浪”（《端午》）。诗人还用声音造境：“只想在山语湖温暖的怀里，独醉／那些银光铺展的湖水，如琼浆玉液／源源不断地流进喉管，闪闪地述说／那些旷世的情话，如微风细雨／绵绵地拍打，一颗沉静的心／还有一个纯洁的灵魂”（《山语湖述怀》）。诗人也用情绪造境："没有哪一天的思念／比之月亮，更懂经年的心事／在故乡的树梢，也在笔尖／流淌，那些坚硬的文字／还有打结的诗行，暗礁一般／躲藏，在心底最柔软的记忆／苹果的青翠，石榴的绯红"（《月上中秋》）"月亮升起，思念是一棵树／高高的，像房檐上够不到的烟火／每一次飘远，都是一次离别／让树梢挂满期待，也深刻记忆／背影，刻在妈妈的眼里／思念，就系在我心上"（《遥望故乡》）。

诗人在灵感突发之时起笔成章，把主观的"意"与客观的"境"相融合，才能写出富有神采的诗篇。意境不鲜明不可，意与境不协调亦不可。《雪舞的时节》中的许多篇章，正因为省略了一些浅表的、没有典型意义的"表面之境"，找到了生命中本质的、深刻的"深层之境"，才写出了有艺术价值的境界，从而能够深深打动读者。

阅读《雪舞的时节》是一次愉悦的精神之旅，写下这篇文章的时刻，正是北京飘雪的季节。看着窗外飘飞的雪花，品读案上灵动的诗句，实在是人生的一大快事。说起来，郭轩宇兄既是我的同乡，也是同一所军校的学长，故而读着他的诗，更增添了一种亲切感。

人生是美丽的，诗歌是美丽的，而美丽的东西总会在不经意间流逝，正如诗人在《和光同尘》一诗中所写："美丽如梦想，总在明灭间／匆匆如过客，在风中凌乱／怀抱中的灵魂，胎记一般／描绘生命的勇武，在骨子里／留一份念想，或者一缕清风／以出世的姿态，活在当下。"

活在当下，感受美好——这或许正是阅读一本诗集的意义。

（作者系第十四届全国政协委员、中国作家协会军事文学委员会副主任、第八届鲁迅文学奖诗歌奖得主）

和这个时代一起承受，一起担当

亓安民

“有些诗歌正离我们而去。它不再关心这块土地和土地上的故事，它们用似是而非的深奥掩饰浅薄和贫乏。令严肃和诚实变成遥远的事实的时候，人们对这些诗冷淡便是自然而然的。”（谢冕《有些诗正离我们远去》）这是谢冕先生在20世纪90年代发出的警告。他在另一篇文章中对当前的诗歌创作进一步质疑：“面对当前的诗歌现实，我们在感到丰富的同时也感到贫乏。我们此刻面对的是失望的诗歌。诗人们在摒弃了千篇一律的口号和呐喊之后开始了几乎是同样千篇一律的悄声细语。他们深入生命内部探寻莫测高深的‘终极关怀’，他们很少关心或不关心这些‘哲学’以外的历史和现实。他们专致地琢磨‘意识流动’而微察纤毫；他们自怜而自恋，说的是他人无法进入更无法解读的深奥……在这一切的背后，是对诗的思想含量和精神价值的轻忽。”（谢冕《平静的追问——在武夷山现代汉诗学术研讨会上的发言》）自20世纪90年代开始，现代汉语诗歌逐渐远离现实，正在一点点丧失中国诗歌的现实主义传统。

“在贫困的时代里，诗人何为？”荷尔德林和海德格尔都不止一次地提出这个著名命题，这也是所有当代诗人需要深刻思索的时代命题。这是一个AI无所不能、自媒体无处不在、作品可以随时发表的时代，也是一个物欲横流、精神匮乏、娱乐至死的时代；这是一个会说话就会写诗的时代，也是一个优秀诗歌文本如凤毛麟角的时代；这是一个奖项众多、选本多如牛毛的时代，也是一个资本介入诗歌、诗坛公信力被广泛质疑的时代；这是一个前无古人的时代，也是一个对诗人挑战最大的时代。在这样一个时代，诗人只沉湎于自己的所谓“内心”，以一种伪装的深刻、迷狂的自恋和近乎冥想的“禅机”“哲理”，高蹈于优雅、和谐的幻想和神性世界，或者以越轨、夸张和怪诞的主张来张扬自我、冲击常规观念，为诗坛创作出一批似是而非的作品。这些作品远离对现世的关怀，沉湎于世俗的表象，最终陷入肤浅的无病呻吟的泥淖，给诗坛带来表面热闹和虚假繁荣。按照著名学者罗振亚的观点，这样的诗歌“悬置了诗与现实深度对话的可能”，把“个人化写作”当作回避社会良心的托词，造成诗魂变轻。

时代呼唤现实主义，呼唤诗歌和诗人的担当精神和社会责任，呼唤真实、及物的诗歌文本。郭轩宇的诗歌应时而生，回答并解决了这个问题。

在轩宇第二部诗集《听风的日子》出版时，我为他写了一篇序《消费时代的另类诗意》，从美学角度简要分析了他的作品。这部《雪舞的时节》是他的第三部诗集，他又邀请鲁迅文学奖诗歌奖获得者刘笑伟和我为他作序。我想从诗歌的现实性出发，谈一点对轩宇诗歌的感受。

坚守“及物性”的现实主义品质，是轩宇诗歌的质地和特色。所谓“及物性”就是“介入性”，这一类诗歌也有人称之为“介入诗歌”。“介入”这个概念最早是由萨特提出来的。萨特说：“文学不是消遣，也不是免费的游戏，对于选择了写作的人来说，同自己所面对的世界和现实作斗争，而且他有责任为所处的时代做见证，将内容和形式转化成物质和精神需求。”其实，“介入”也不是什么新概念，在古今中外的创作实践中皆早已有之。譬如我们的老祖宗强调的“兴观群怨”、白居易的“歌诗合为事而作”和“裨补时阙”等，都是要求诗歌对现实介入、干预。汉语新诗从草创到勃兴，一直秉承“及物性”的传统。这种传统也是和中国诗歌的传统一脉相承的。

从轩宇已出版的两本诗集和即将出版的作品来看，他的诗歌坚持必要的社会政治历史维度，反映的是现实生活、大众心态，摒弃了当下诗歌创作中那种小众化、小圈子化、精英化的无病呻吟，坚决反对诗歌脱离现实、放弃关怀、凌空蹈虚、沦为毫无意义的文字游戏和狭隘的个人情趣。他的诗无论写历史、写社会、写人生、写内心都具有极强的“及物性”。“加沙的炮声和乌克兰的战火／在本就烧焦的土地上火上浇油／被烧焦的眼里，还有被烧焦的身体／在灵魂的炙烤中，等待绝望／以绝望的形式，躺平或者摆烂／疯狂的人类，以疯狂的理由／疯狂出人性的糜烂／……迷茫的眼睛，看不清眼前的迷茫／逐利的路上，人流在熙攘中挣扎／在自我成就的精致里，精打细算／蝇营狗苟的嘴脸，用自嗨的方式／在推介中展览，也在展览中推介／充斥的虚假，在虚假的充斥中／用人性的作践，作践人类／一些不齿或者龌龊，在龌龊的眼里／永远都是风景、诗或者远方／人心不测，唯寄一场雪落”（《我的世界里需要一场雪》）。在这首诗里，轩宇以近乎歇斯底里的呐喊呼唤一场雪的到来。为什么呼唤一场雪的到来？作者的用意是十分明显的。和相当一部分诗人将崇高变庸常、将激愤变游戏不同，轩宇的诗歌仍一以贯之地坚守着现实主义诗歌的纯正、沉实与激越。轩宇的作品中，既有显像的伤痕和疼痛，也有隐藏的刀痕与缝合，他不是不懂得内敛与隐含，而是激愤到极致后忍不住，于是开始怒吼和呐喊。诚如著名诗人李元胜在一首诗中写的那样：“因此我写出的，都有着看不见的伤口与缝合／再大的风，也无法将这些汉字吹空。”

对普通人遭遇的深刻同情，是轩宇诗歌的情感向度。普通老百姓是这个社会的基础和底座，是支撑社会发展的基本力量。当然也是最容易被忽视的沉默的群体，他们无论从社会地位、文化素养、思想观念、维权渠道等，都属于弱势群体。但他们也需要发出声音、表达诉求、表征存在。“或许，一个人的沉默是在思考／那么，一群人一样的沉默／就是人性丧失的冷漠／势必轮回在冰冷的冰川时代／但我相信今天，相信今天的人类／相信跟我一样寻找的人们／相信会有更多的人加入寻找的队伍／以人性的光明，照亮黑暗”（《寻找》）。对一个孩子的失踪充满焦灼、无奈，对现世的冷漠充满失望和愤怒，也对人性的回归充满希望。这样的书写代表了一种社会与人性的力量。

“在八十多天的寻找里／在凄凄惶惶的抖音中／在战战兢兢的微信里／在欲哭无泪的人世间／我们寻找，一个无辜的性命／多少次，我看见一个母亲的泪眼／多少次，我看见一个父亲的怒吼／多少次，我看见那些善良的人／他们都在寻找，寻找一个我们的孩子”《寻找》）。这样的文本充满讲述感，讲的是人性的故事、现实的故事、苦难的故事。轩宇诗歌中有一种对生活在底层的普通人的情愫，同情他们的贫穷、卑微、怯懦、软弱，揭示这一群体生存的社会根源，并延伸出社会的、道德的、法律的、权益的问题。类似题材的作品，在轩宇已出版的和即将出版的作品中还有很多。

现实主义诗歌中的隐喻和象征，使轩宇的诗歌充满现代性。轩宇对诗歌的技法十分娴熟，他的文本中不仅有直面现实的白描，更有象征、隐喻、呈现、反讽、通感等修辞手法。这些修辞手法的综合运用，让他的作品充满现代性，也让诗歌的思想性升华到新的高度。"生命如歌，在时间里吟咏／一半是清醒，一半是随心／所有跳动的音符，都是花儿／绽放出热情，也燃烧起寂寞"（《秋分》）。这既是一种淡然，也是一种无奈，更隐含着深深的不甘。"季节的屠刀，是麦田的渴望／和人类一样，在求生的欲望里／相互倾轧，以不计代价的疯狂／还有美轮美奂的名义，逼人就范／或许，那一束束昂扬着的麦芒／就是一把把刺向天庭的利剑／即使生命将尽，也绝不屈膝谄媚／硬生生地挺立，也硬生生地倒下／壮汉一般，慷慨出一个季节的赞歌"（《芒种》）。在这本诗集里，轩宇创作了 24 首节气诗，对应了农历的二十四节气。二十四节气在中国人的日历中，是农时，是劳作，是收获，更是生命的流程和轮回。轩宇这些作品绝不仅仅是对季节的讴歌和对劳动的赞美，而是对生生不息的生命的敬畏，更是对摧残生命的风霜雨雪的挞伐和控诉。在这 24 首诗歌中，生命都是不屈的、伟岸的、崇高的、壮丽的、辉煌的、神圣的。

"站在峭立的石壁，面若桃花／以布依姑娘的素雅，装饰季节／在温柔以待的明媚中，用一粒种子／在贫瘠的山野，种植爱情／也在爱情的绽放里，锻打意志／亦花亦刺的世界，用缝补的方式／将温婉托付岁月的虚空"（《刺梨花开》）。映山红、野百合、刺梨、蜡梅……轩宇笔下的植物也都被赋予了特定的人格，清新、忧伤、纯朴、怀旧，出尘脱俗，遗世独立，但都坚韧不拔、宽广厚重，充满信仰的力量，这也是他作为一个现实主义诗人所一贯秉持的价值取向。

哈罗德·布鲁姆在《读诗的艺术》一文中说："诗本质上是比喻性的语言，集中凝练，故其形式兼具表现力和启示性。"他在同一篇文章中指出："比喻或修辞创造意义，意义不能脱离它们而存在。真正的诗里，当比喻性的语言肆意奔涌地释放，并带来新鲜的意境，这种意义的生成会得到最大限度的实现。"他认为，比喻可以言此意彼，而隐喻是一种高度特指的比喻。他举例说明，当我们听到哈姆雷特说"我谦卑地感谢你"或类似的话的时候会不寒而栗，因为这位王子毫无谦卑和感谢的意思。在轩宇的诗里，这样的隐喻无处不在。他时而奋笔疾书，时而隐藏锋芒，运用之妙存乎于心。当他隐藏锋芒时，他的诗歌拥有更加深刻厚重的内涵，为我们提供了多向度的视角，也给我们展开了更加辽阔的思索空间。大型诗歌刊物《光年》的发刊词里有一句话："人类生存的知识起源于人类的个性，诗人的个性拓展了世界的宽度。面对过去和未来，诗歌在做着最后的调解。"轩宇是在用诗歌进行一种公共思考，他的目光不仅聚焦于具体的事件，更聚焦于整个世界普遍的现实。因此，他的思索不仅是诗性的，也是哲学的。对于轩宇诗歌中的隐喻，限于序的篇幅，也只能点到为止。

在各种"极端写作"泛滥的诗坛拒绝同质化，使轩宇的诗歌具有独立的文化品质。也许我们时代的诗歌正经历着前所未有的繁荣，同时也正经历着前所未有的危机。汉语新诗从未有过如此大的规模、体量，从未有过今日之热闹、繁荣，但大量模仿、类同的作品充斥诗坛，也让诗歌面临着从未有过的"边缘化"和与公众之间极度的隔膜与疏离。诚如周伦佑所言:"铺天盖地的弱智者以前所未有的广泛,写下许多过目即忘的文字:缺乏血性的苍白,创造力丧失的平庸,故作优雅的表面文章。从存在的中心向四处溃散,没有中心的溃散。飘忽无根的词语相互拥挤着,做清谈状、做隐士状、做嬉皮状、做痞子状……一味地琐碎,一味地平淡,一味地闲情。有意避开大师及其作品,对力度和深刻的惧怕和不敢问津。以白萝卜冒充象牙,借以逃避真实和虚构的险境。在轻音乐的弱奏中,一代人委蛇的分行排列,用有限的词语互相模仿,自我模仿,集体模仿,反复模仿,一个劲的贫乏与重复,使琐屑与平庸成为一个时期新诗写作的普遍特征。"同质化在每个时代都有,但在我们这个时代尤甚。

所谓同质化是指同一大类中不同品牌的商品在性能、外观甚至营销手段上相互模仿,以至于逐渐趋同的现象。这一概念近年来被引入文坛,用以解释各类题材、创作手法的趋同现象。诗人霍俊明对当下诗歌同质化现象泛滥的局面说过这样一句话:"诗歌同质化是阅读的同质化、趣味的同质化、写作的同质化。"学者刘斌认为,这种同质化反映了诗歌写作心态的功利与浮躁,写作准备的仓促与浅薄。说穿了,就是对生活缺乏发自内心的关切与守护,也没有进行深入的哲学思考。而轩宇在克服同质化方面确实下了一番功夫。作为一个潜心诗歌的人,他的每一首诗都源自生活,都是经过深思熟虑才写出来的。轩宇的诗歌是与生活最深情、最深刻、最深入的倾听与对话。诚如霍俊明所言:"在诗歌中,我们不仅要看到一个生命的历史以及想象;还应感受到一个人的血肉、骨架和灵魂。"拒绝肤浅,拒绝雷同,拒绝虚假，拒绝媚俗，拒绝虚张声势，拒绝为博出位而炒作，是轩宇诗歌创作一贯坚持和坚守的原则。

“没有人在意你的绽放／就像你压根儿都不把光彩／停留于市井，招摇撞骗／在你忽闪的生命里／没有一盏灯，可以照亮／这濒死的宇宙”（《昙花》）。“一头驴，与一盘磨／耳鬓厮磨，让一个滚圆的理想／周而复始，绝世出一道永恒／磨盘旋转着岁月，也旋转着驴的步伐”（《从磨，或者驴说起》）。“在地上，自由是一棵大树／那参天的伟岸，玉树临风／雕像一般，成为人类的图腾／旷野里没有禁忌，只要有翅膀／就可以飞翔，在高山之巅／也可以穿越云蒸霞蔚的蓝天／城堡中只有殿堂，让理想破灭”（《自由的高度》）。“城市的森林，挂满肮脏的故事／弯曲的楼宇，弯曲出人性的贪婪／不能掀动的汽车喇叭，只能肃目／时间在无耻中挣扎，面目痉挛／在一样漆黑的夜，放大黑暗的距离／不敢忧伤的眼，激荡出棋子的力量／我在恼怒的时光里，被记录”（《我被时间记录》）。这些文字有“五四”诗歌的风骨，有抗战诗歌的犀利，有“朦胧诗”的启蒙和社会关怀。但它是独立的、异质的、全新的。这也是中华文脉绵延数千年的“诗言志”“文以载道”“追求崇高”的文化精神新的诠释。

在缺乏诗意的诗歌现场揭示存在，彰显轩宇作为诗人的责任担当。这是个没有诗意的时代，人类的生存样态缺少诗意，人们也没有太多时间在诗歌中流连。钢筋混凝土的建筑、反光的玻璃幕墙、轰鸣的机器、车水马龙的道路、早晚高峰拥挤的人流、疲惫的面容、无处不在的监控、讨薪的农民工、蚁居的“北漂”和“南漂”、车间、矿井、工地、流水线、房租、社保、AI、流量……现实主义诗歌无可避免地要涉及这些毫无诗意的生活。对诗歌现场的苛求是没有意义的，诗人要做的就是积极深入这些无诗意的生活内部，去介入、去干预、去揭露和批判，进而从审美的向度上生发出诗意。

“显然，这是一个最好的时代／当一个引擎，接住天上的馅饼／众多的手臂，就会织起一个天罗／在欲壑里，挖出一个个大坑……无疑，这是一个最坏的时代／爆红的网络，爆发出人性的贪婪／吃瓜者不分生熟，如铲屎者不闻香臭／让梦想在自嗨中，舍本逐末”（《流量时代》）。这样的诗歌融入了作者的生命与情感体验，包含了大众的生活经验与心路历程，揭示了这个时代广泛而隐秘的存在。这样的诗歌元气充盈，足以对抗现实生活的沉重、压抑、痛楚。轩宇承受着疼痛，这疼痛源自这个时代，所有人都在承受，只是有的人发出了声音，担当起了责任。最为可贵的是，轩宇那种揭开伤疤的勇气，那种对时代伤痛的深刻洞察，彰显了诗人的思想、性情和价值取向。郭轩宇是与这个时代一起忍受、一起揭示、一起承担的那个人。他从时代的伤口中挖掘出了诗意。

在佛山南风古灶看到一尊佛像，和我们在寺庙里见到的慈祥富态的如来都不一样，而是面容清癯，衣袂飘然，行走在风中。当时颇有所悟，我佛如果每天都只坐在莲台上拈花微笑，又岂能洞察世间疾苦，进而救苦救难？诗人也是一样。轩宇时常行走在世界各地，在行走中深入生活、体察世界、感悟人生，揭示人与时代、人与现实、人与命运的关系，揭示人在现实生活、命运洪流中的挣扎、痛苦和焦灼。

肖邦说：“诗人在本质意义上是一名悠游者。在苍天之下、大地之上的每一点，都可能成为他双足降落之地。他的停留也是不遵循规则的，停留一秒和停留一百年并没有什么区别。因为，根植于他内心的想法是：在泥土之上落足不过是权宜之计，他的落足点永远都不是固定的。他不会屈从于任何物质的存在，拒绝任何有形和无形的规则。他只服从于自己内心的召唤，想来就来，想走就走，是没有故土和向往的人。”

企图用一篇短评说清楚轩宇的创作是不可能的，我也不想做这样的徒劳之举。我只想告诉大家，在这个众声喧哗的网络时代，还有一种坚守，还有一种真实，还有一种真诚，这是诗人、诗歌对现实的担当，也是诗人与世界的对话。

时 令

新年的期待

爆竹声响，梦从去年开始醒来
冬日暖阳斜斜地透过枝丫
以柔软的手臂把我从清晨摇起
一如温暖的问候
愉悦地把幸福挂上树梢
橄榄枝和圣诞树一起摇曳
笑脸和花朵一样从心中绽放
一群南飞的喜鹊赫然挺立
在报晓的清晨踏出阵阵清香

新年的列车开出心的站台
满载着幸福，希冀，还有祝愿
沿黄河故道，顺长江流域
驶向喜马拉雅，驰往天涯海角
在这新年的喜庆里
我只想谈论幸福，深情以待
我也想煮茶热酒，举杯邀月
我还要杀猪宰羊，祭拜天地
陶钵在炉上红火成一把火炬
酒杯在碰撞间音色悦耳

蜡梅以迎春的姿势开出满树吉祥
新年将以新的方式打开日历

伴着新年的钟声,我们围炉而坐
带着美好的憧憬,我们翩然起舞
迎着春天的脚步,我们心手相牵
我们燃响爆竹,也点亮烟花
把往日的尴尬和不快,还有委屈和愤怒
统统送上天庭炸个粉碎
让那些可恶的年兽和硝烟
还有灭绝人性的霍乱和瘟疫
一并消弭在新年的庆典

此刻,我将举起头颅
打开电话,把一声声祝福
送往我的每一个亲朋
我还要亲手制作一个彩铃
打开微信,把一串串喜庆
传递到每一个角落
在新年的期待里
我们期待新年的美好
期待面朝大海春暖花开
期待在我们的期待里
梦想成真花好月圆

2023年1月3日凌晨写于广州番禺东湖州

立春

数九寒天，我在冰封的雪野
翘首企盼，等着你的消息
北风如刀，我在刺骨的凛冬
绝地求生，盼着你的到来
多少个濒死的夜晚
我抚摸心脏，像触碰一片温暖的雪花
也像摇醒孩子，一个刚刚莅临的生命
月光凄冷，在寂静的白夜嘴角上扬
那是风的讯报，遗留在脸上的标点
我知道，这是春天的味道

我的城市高耸在一棵树上
貌似巍峨的树干伤痕累累
一些啄木的鸟兽精力充沛
夜以继日地在树洞里锛刨
就像啃噬我的生命，让城市坍塌
满是肃杀的绝望中，有个声音
不，是很多个声音
从即将被啄穿的树洞里发出

阵列成季风一样的雄姿
我似乎看到一些新的枝叶
以站立的姿势，走上城邦
把树武装成巨人，赫然屹立
在有雪的暗夜，怒马鲜衣
使者一般待春而归

从冻僵的沟坎里，或者
从冰冷的皱褶处，一跃而起
像极了一个战士，挥枪弄棒
城市开始长出一些烟岚
树也开始发出生命的呼吸
旷野中，一些爱渐次被触动
复苏出春的生机
就为迎接这个时刻
我愿赤身裸体，甚至交付生命
包括所有的尊严和自由
还有手中的纸张和铅笔
以涅槃的形式，迎春而立

2023年2月4日凌晨三点写于广州南沙南北台

雨水

醒来的玻璃窗上，满眼泪水
季节讴歌，在乍暖还寒的路上
点点滴滴，流淌在日月的河流

大雁北回，带来南方的温馨
水獭狰狞，将一条条鱼儿陈列上岸
方阵一般宣誓一些春的消息

窗内，我顺从温暖
遥望近在咫尺的窗外
等待一缕光射进我的肺腑

河面融化，冰火一起交织
在经历了一场严寒之后
以和解的方式握手言和

鸟儿呢喃，含混不清地诉说
一些时间的往事，站在枝头
用特定的脚步，与风共舞

田野辽远，摇晃出麦田的颜色
那些生命中的念想，在土地里堆积
以挣脱的欲望，把手伸向天空

2023 年 2 月 27 日上午写于广州南沙九王南北台

惊蛰

清晨的乐曲在耳边奏鸣
那是布谷鸟的号令
雷震一般叫醒着大地
小草默不作声地探出头来
以破土的姿势昭告天下
百虫不再潜伏
以各自的神通启蛰未来
生命以宣誓的仪轨
在重生中绽放

桃花艳红的气息夺人耳目
在万花丛中傲视群芳
洇染出江河万里的生动
春以它特有的方式唤醒万物
让生命复苏在九九艳阳的怀里
牧牛当歌，铧出一地生机
在麦田里蹲守的
除了丰硕的果实
还有一些沉甸甸的希望

雷神持锤，立于天庭之上
连环敲响的除了天时的契合
还有土地的呼唤
窗外的雷声，还有鸠鸟的啼叫
伴着小溪流淌的欢畅
在满目含春的季节
嘹亮出天性的浪漫和自由
或许，那些所有的隐忍和蛰伏
都是为了这一刻的到达

2023 年 3 月 6 日午时写于广州番禺东湖州

春分

像一只发情的猫，直愣着眼眸
在街角幽暗的灯光里，找寻
春天的影子，还有你的讯息
因为一场雪的记忆
我的热情低垂，手臂无力
甚至无法承受这季节的温度
冻僵的双腿伫立，在严冬的风里
永久地站在门槛之外

如一本破旧的书，找不到扉页
在发黑的故事里，我手握情节
把记忆中的和煦举上树梢
在沙沙作响的风中，促膝长谈
那些腐朽的念头，瞬间没落
我知道，一枚火中的栗子
在炉火中燃烧的模样，和激动的影子
我知道，那个在冰雪中眺望的少年
将在这个春天，被无情废黜
我知道，一片落叶的分量

和一缕时光的长度

在这绝好的春天里，我想象枯竭
没有一阵风，或者一片云
重拾我的信念，或者梦想
也没有任何只字片语
可以打动或者叫醒，我睡熟的灵魂
我知道，属于春天的诗
早已被春天写满
而属于我的春天，或者诗行
都以倒叙的形式，退至边缘
在无声无光中沉寂或消弭

2023年3月19日午夜写于广州南沙南北台

清明

雨声淅沥，斜斜地织在远方的墓地
一些不安的魂灵踩着雨滴
从遥远的故乡，揭竿而起
我在梦中看见，那些先人
如摇曳的风，将雷电切割成泪眼
在雨夜里托起，一些祭拜的酒肉
还有明灭的香火，包括我的呢喃
在年复一年的思念里
以树的信念和形式，根深蒂固

或许，那一抔黄土就是我们的根
那些黄土之下姓氏各异的先人
就像这四月的雨丝，稠密而柔软
把我们的心打湿的，不只是思念
还有对土地的向往，或者根的图腾
一个祭典的节日，由时间塑成雕像
在数千年的等待里，越发清明
坐在四月的想象里，那些纸钱和泪水
包括折叠的身躯，还有清脆的爆竹

都是对根的倾诉，或者对情感的滋养

思绪纷纷，总能在夜里潜回故乡
那些熟悉的坟茔，还有哭湿的季节
就像绕过一场葬礼之后
风和泪水化成的纸钱
让思念飘飞，也让思念回归
回归在心上，也回归在土里
以种植的形式，把对先人的思念
融进土地，也融进对前辈的怀念
或许，我们终将一样融入
融入一样的怀念
在四月的清明

2023 年 3 月 27 日午后写于广州番禺东湖洲

谷雨

清明之后，我在清明的江南
以一片新茶的气息和绿意
期待你的到来，西窗淅沥
看不清牡丹破萼，南风暧昧
多不舍樱桃艳红，有道是
人间最美四月天，在清明的深处
有一些青葱的温暖，从心里破土而出
以蓬勃的姿势，蔓延无际
生命的记忆里，谷雨无雨
只有被掘开的土地，以血液的滋养
灌溉秧苗，让父辈日夜守望的麦田
开出鲜活的花瓣，然后金黄
酥脆起生命的渴望，
豆油灯下，火苗一寸一寸地生长
我的眼中，日记也一天天加厚
蚕茧一般牢固着我的记忆
那些种在心里的念想，就是庄稼
还有在庄稼深处耕耘的父亲
那些曾经给予我们生命的生命

都是在泥土中生根的庄稼
牢牢地守卫着土地
就像守望生命中的麦田
随着二十四节气的更迭
无畏酷暑严寒却冷暖自知
豪迈也挺拔出生命的力量
雨自天上来，不势不立
谷从地上生，不亢不卑
我自雨中行，且向泥中舞
此刻，我只想掬一杯暮春的香茗
向天地，父辈，还有心中的麦田
致意，在岁月的交替

2023 年 4 月 19 日午间写于云南西双版纳

立夏

风，卷起露珠
卷起春天的不舍
也举起蝼蛔的嘶鸣
大地的被角同时掀翻
与耕耘的蚯蚓，步调一致
以麦芒的尖锐
刺亮立夏的太阳

雨，以绵密的相思
缠住低垂的柳梢
也缠住夏日的颈项
像等待一封火热的情书
等待一些火辣辣的烧烤
那些甜蜜的言语
带着远方的火热
枕戈待旦

雷，以迅雷不及掩耳之势
铺天盖地，用集结的号令

催响万物，以拔节的速度
走向成熟，走向丰收的季节
石榴以艳红的姿色绽放笑脸
在等待咧嘴的时刻，放声开怀
那些欢快的鼓点，接踵而至
如一幕深情而热烈的舞剧
澎湃在情不自禁的麦浪

我，在春天走失
带着往日有些疲惫的哈欠
在恍惚中邂逅温暖
夏天的婚车在门外对峙
还有漫山遍野的油菜花
庆典一般举高了双手
到底是因了季节的欢歌
还是生命理性的绝唱

2023年5月7日早晨写于广州南沙南北台

小满

阳光飘进窗棂
以不期而遇的冲动
揉醒蒙眬的睡眼
一缕缕金黄色的温暖
从醒来的这一刻
摇晃出一片片丰硕的麦田
在期待已久的收获里
与风，和成初夏的乐章

站在小满的季节
我想象一些风的模样
那些历经的岁月
还有爱的脚步
在橱窗展示，记忆
是时间的湖，以海量的数据
在南方黏糊糊的潮水里
渐次打湿，以麦穗的名义
为季节讴歌

一切都始于诱惑
一切也止于暧昧
无论是招摇的水草
还是明媚的皓月
在飞逝的时光里
都如云烟，为诗意盎然
扯不住时间的衣袖
便在这季节的闭合中
揽一息麦粒的芳香
醉倒在时间的怀里

初夏已过，爱已丰盈
躁动的欲望破土而出
在凛冽的嘴角上扬
少女一般的季节，未满
成熟的风韵
以少不经事的喜悦
等待一些快意的收割
或许，那些金黄的渴望
还有，洋溢着成长的汁液
都是风的信使
告诉一些准确的未来
或者不确定的消息

2023 年 5 月 21 日写于广州南沙南北台

芒种

进入芒种，一个热腾腾的季节
向我们招手的，除了金黄的麦穗
还有火辣辣的阳光，以燃烧的方式
将麦田集体收割，还有镰刀
在闪亮的飞舞里，结束一个个生命
在庄稼人一样金黄色的期待里
生命，或许就应该是这样一种快意
你等着耕种，我等着收割
或许，在埋下种子的那刻起
我们就升腾起收割的喜悦

季节的屠刀，是麦田的渴望
和人类一样，在求生的欲望里
相互倾轧，以不计代价的疯狂
还有美轮美奂的名义，逼人就范
或许，那一束束昂扬着的麦芒
就是一把把刺向天庭的利剑
即使生命将尽，也决不屈膝谄媚
硬生生地挺立，也硬生生地倒下

壮汉一般，慷慨出一个季节的赞歌

或许，芒种已远
远到我们无法认识季节和镰刀
但麦田依旧，就像生命轮回
那些残败的秸秆和麦茬
就是来春的嫩绿和醉人的油亮
或许，那些老朽的农具
正在或已经退出今天的稼穑
但纵横交错的田埂上
依然有低头弯腰的人们
还有一样低头弯腰的麦穗
等待收割，等待生命的终结
在一程程无奈或者快乐的交付里
我们在自己的土地，或者胃里
以饱胀的姿态，继续种植
期待一缕炊烟或者微风

2023 年 6 月 1 日午时写于都匀香格里拉

夏至

跨过时间的门槛
夏天以前所未有的热情
催生万物，让灵魂出窍的
除了阳光，还有沉闷的雷声
在心里掠过，一丝丝冰凉

夏季的灵魂是孤独的
那些热烈的掌声，单一而乏味
即便在树荫下，也一样形只影单
躲在一个或者一些影子背后
渴望乘一缕清风，和光同尘

阳光漫卷，青翠在瞬间被灼伤
大地在宁静中划破，如落叶飘飞
一个走失的孩子在雨夜里深陷
天色昏暗，雷电交织成一把把利刃
将收割后的麦田付之一炬

漫天飞舞的瓦砾，脚步蹒跚

一些母亲的眼神茫然若失
蒿草一般，蓬松而干涩
透过那些曾经的温暖和友善
在泥泞堆积的愁绪里，展望

铺天盖地的花朵，甜言蜜语般
纷纷飘落，在盛夏的光泽里
时光打坐，以一段泛黄的经文
在半睁半掩之间，让江河失色
那些热腾腾的词汇，在大汗淋漓后蒸发

2023 年 6 月 22 日夜写于广州南沙时代南湾

小暑

荔枝红了
一如六月的艳阳
高高远远地挂在岭南
应着季节的风
飘进京城带甲的琼池
在明皇贵妃的脸上
漾出《长恨歌》泛黄的爱意
在白居易六神无主的眼里
一股甜美,辛酸成今日的诗行

太阳醉了
在李白斗酒的诗篇里
以狂放的热情挥毫泼墨
在万物生发的季节
用一骑绝尘的快意
装点出夏日的红火
让阳光与水草,森林与河流
瞬间成韵,在季风的笼罩里
以恣肆的欲望,相映成趣

天空是热的，云朵也是
土地是热的，草木也是
江河是热的，冰川也是
太阳的眼心不在焉，乜斜出
一些凛冽的刺痛，在得意的嘴角处
陡生一些轻蔑，在树丫上生长
我看见一条冰凉的河汊
在太阳底下裂出

2023 年 6 月 24 日上午十点写于广州从化

大暑

七月流火，大地沸腾出滚滚热烈
迎合天空的蒸煮，石榴花瞬间点燃
夏日的午后，蝉以非凡的勇气
与成亲的唢呐，交相呼应
热浪翻飞的空气，稀薄出灼热的交响

骄阳如盖，知了在树上浇油
思念如烧烤一般欲火焚身
那些有迹可循的春梦
如纷纷扬扬的雪花，瞬间分化
沸腾的火锅，洋溢出纯粹的麻辣
萤火飘飞，迷乱着一条条火炼
试问，这到底要谋划一个永恒的星辰
还是另有玄机，让亘古的烈焰
去点燃一个红彤彤的黎明

蝴蝶的腋窝，无法阻挡春日的想象
美丽的霓虹，总在风雨之后出彩
凉爽的季风，划开心灵的飘窗

让朴素了一世的情感，盈满沉甸甸的麦田
在盛夏的巅峰，展开桃李芬芳
朵朵荷花深处，蛙鸣在秧苗中盛开
一些夜晚的灯，点亮心中的太阳
在拔节的玄想中，报晓旭日的清明

2023 年 7 月 15 日午时写于广州南沙时代南湾

立秋

癸卯立秋，没有等来任何快慰
一些卑微的清凉，在洪水滔天的眼里
再一次卑微出人类的卑微
择水而居的人类，以亘古的错愕
迷茫在一片迷茫的水里
皇城根儿下，乾隆御笔的涿州
终以长夏，把天下第一"洲"的
牌坊坐实

昔日干涸的永定河、小清河
还有渴了半个多世纪的拒马河
一夜成名，所有滔滔的洪水
还有所有滔滔的新闻，在抖音中刷屏
所有的生灵置身于洪水之中
要么在洪水之上奔波，搜找一些人
要么在洪水之下挣扎，生的希望
歇斯底里的求救声，远远超过雷电洪涛
扎在人类心中的旗帜，除了求生
再也朴素不出任何微弱的信号

城市静默，村庄静默，土地在静默中窒息
空气静默，水电静默，人心在静默中哀鸣
立在六月的秋，未能立住节气的气节
洪水碾过村庄，也碾过人类的心灵
庄稼和土地一起被奸淫，束手无策
黎民和苍生，汇入一条条无奈的河流
水在漂浮，土地在漂浮，人也在漂浮
村庄在淹没，麦田在淹没，生命也在淹没
洪荒漫卷的世界，没有诗和远方

洪水围困的街角，没有灯光
刀郎的《罗刹海市》嗓音沙哑
水漫金山一般，铺天盖地
在这多事的秋日，让一些生的念想
以打嗝的方式，向苍天求救
在奄奄一息中，等待一次亡命的救援

2023 年 8 月 8 日上午写于长春至北京 CZ6145 航班

处暑

透过时间的月台
站点依次，在岁月轮回
往事随风，载入逆流的孤帆
阳光下的情欲，融入蝉鸣
凄厉的叫声，唤醒遍野的洪荒
七月的火镰，搅动起八月的飓风
在穷尽所有的梦想之后
乔装变异，以处暑的模样
把疯狂的执念，植入下一个季节

蟋蟀憧憬出一些蔚蓝
在山野的草地，木屋的门前
用微弱的嗓音，深刻表白
一些沉甸甸的稻穗，还有麦田
被刹割之后的疼痛，荒芜着
远去的村庄，还有熟悉的炊烟
一片落叶飘落的瞬间，理想弯曲
攥在手中的石头，未能举起
便被一条丧家之犬，得意击中

频频摇动的尾巴，欢呼出一片烟火
在璀璨与凋零之间，闪耀

立秋之后，那些热烈过的酷暑
挂在枝头的伤害，悬在半空的哀怨
就像被蹂躏过的土地，浸淫过度
在一次次狂欢与苟活之间
苍翠出生命的单薄与无奈
消息树上，没有树上的消息
就像人类，从不计较人类的尊严
蒿草无力，在踩踏与碾轧中享乐
流水无情，在漂泊与陷落间逃逸
晒在撒哈拉沙漠的朽尸
与一粒粒金黄色的沙子，共舞
那些挽着季节的风，还有水月
与镜中的花朵，琉璃一般
托起一个梦想，或者美丽的谎言

2023年8月22日上午写于贵州都匀香格里拉

白露

白露无霜，在南方的风里
季节从未苏醒，燥热像一粒种子
在泥土里挣扎，也在时光中消散
一些泪光，站在发锈的荷叶上
梳理过往，将碎片式的记忆捆结
在晶状的橱窗里，陈列或展示

时间如风，铅华在岁月里淘洗
当年的青葱，让理想和儿时的尿泥
面目全非，天真的笑声略带苦涩
可以证明少年轻狂的，除了鲁莽
还有一些珍藏，莫名的冲动
那些惊鸿的瞬间，碰裂的酒杯
还有醉心的音乐，揉碎的月亮
如影随形，深嵌在记忆的河流

往事并不如风，在有风的舢板上
那些青春的回眸，总以力量的方式
无声地调和，蒹葭一地芳香

或许，我们不用理会
草木的荣枯，生命的长短
我们只用一瓢，饮出澄澈和清甜
我们只取一滴，留住天真和浪漫
我们只要一瞬，绽放激情和静美
即使如昙花，仍要再现
生命的形态，还有温度

2023 年 9 月 7 日晨写于广州南站

秋分

时光如水，黑夜与白昼等长
在平分的秋色里，夏日隐去
鸟儿在清晨敲响门窗
将一夜的倦怠清新出惬意
半睁的眼帘，与微醺的旭日
慵懒闲适，也斜出一些温暖
昼夜在日常轮替，不厌其烦
将流动的时光，一并打捞

生命如歌，在时间里吟咏
一半是清醒，一半是随心
所有跳动的音符，都是花儿
绽放出热情，也燃烧起寂寞
潮水般的过往，如浪花涌动
是季节的风，吹熟了心海
在松软的沙滩上，那些脚印
或者浪花，在耀眼的贝壳里
将生命刻意放大，也有意缩小

季节是一条河，所有流动的心事
节拍起伏，在跳跃的情感里
将生命一分为二，不分青红
也不分对错，都以过去和现在的方式
分离，泾渭不分的季节
唯有站在疏离的时空，瞭望
那一树姹紫嫣红的枫叶
那一岸奔腾不息的潮水
还有，那一颗永远跳动的心
让时光慢度，浅笑安然

2023 年 9 月 20 日晨写于广州南沙南北台

寒露

秋事渐浓，一些风捎来凉意
寒冷的北国，以确切的方式
还有落叶的声音，昭告天下
凛冬，将在下一个时刻
出现，在温暖的等待

渐红的枫叶，用最后一腔火热
表白，生命的姿彩和温暖
风依旧吹，在北方的荒芜里
夏虫哀鸣，抒发出季节的无奈
一展喜鹊，在黎明前惊鸿

忘情的酒杯，终究盛不下月亮
时间和风，在枝头上跳跃
顽强的草木，和凄冷的寒枯
以蛰伏的勇气，隐忍胯下之辱
用拉长的方式，延展生命

温暖的期待，如深秋的月亮

在清明的高处,旌旗一般
辽阔出一片诗意,让远方
或者下一个季节,灿烂
在等待中,许一世貌美如花

2023 年 10 月 4 日上午写于广州南沙

霜降

风起叶落，寒冷又一次拉响警报
从乌克兰飞舞的炮弹中，落入
中东纷飞的战火，泪眼滂沱
冻结的土地，还有惊慌的天空
伴随时间的消息，凝露为霜
在季节的深处，如履薄冰

晶莹的泪，饱含春夏的期待
从枝繁叶茂到苍老枯黄
让飘忽的生命，饮尽沧桑
那些曾经清澈透明的小溪
在下一个季节，是否被冻结
在冷酷的风里，助纣为虐
卑微的现实与高昂的理想
在阳光下媾和，势不两立

望穿秋水，那些曾经的渴望
如花白的芦苇，仅存一丝性感
高扬的头颅，与满腔的热血

连同美丽的爱情，在夜半研磨
昔日举高的梦想，陈仓暗度
在菊残水冷时，落日情殇

夜半钟声，响彻梦中的归船
成群的北雁，掠过皇天后土
掠过襁褓，还有故乡的温暖
在大海中漂浮，在浪花中寻找
一些理想，或者坚硬的石头
在历史的余音和暗淡的时光中
瞰万马奔腾，绘麦浪滔天

2023 年 10 月 18 日午时写于贵州都匀山语湖畔

立冬

恍惚间，已经站在入冬的村口
一些薄雾或者凉霜，悄然落入眼底
马路限行，与一片枫叶不期而遇
没有寒暄的问候，陌生而冰冷
风以不确定的掌声，将耳廓扇红
残阳吐血，在倒立的山峦下沉沦
一些消息，在无奈中独立

干瘪的文字，僵硬干枯的枝丫
寒冷从荒山跌落，让畏怯在心头起伏
思想臃肿，塞满沉重的包袱
一些春夏的行囊，还有秋天的丰硕
在乌克兰和加沙的炮火中，消弭殆尽
人性的冰碴，与落日的余晖
在斑驳的远方，再筑一道哭墙
一些故事，在起始时结束

落叶与风，摇响季节的沙土
山川与河流，在视线中明灭

阳光犀利，高举起一根根冰雕
概如谢顶的男人，光秃出山的形状
在空旷的荒野里，空旷荒芜
披着风衣的身体，在手心上留白
蒿草般的理想，沸腾出火锅的煎熬
在南飞的雁阵中，绝地求生
一些日子，当下安然

2023 年 11 月 8 日下午写于贵州都匀香格里拉

小雪

以一袭羽毛的惊艳
从云的高处，在人间倾倒
款款柔柔的凝眉间
细节生长，在透明的指尖
妆成一树红颜，一些消息
在季节站立，就像一杯茶
沁泡时光，也晕染爱情

今夜，我将站在柴门之外
为一座城，或者一首歌
也为一个人，或者一杯茶
拢一堆篝火，燃亮这个雪夜
也用热烈，驱走这个寒冬
或者，用带着温度的诗行
咀嚼远方，在共同的奔赴里
围炉而坐，或煮酒未央

小雪，是你的名字
也是你的时节，所有的季风

在你的净洁里，都失形于色
熙攘的人流，或者嘈杂的世界
因为一次回眸，驻足时光
此刻，我愿伸出僵硬的手
和着你婀娜的飘落，让心
融化在美丽的街景
在流星掠过的天空
梨花带雨，以雪之纯白
为自己命名

2023 年 11 月 12 日凌晨写于贵州都匀香格里拉

大雪

缤纷的鹅毛，造化出满目洁白
一世的梦幻，在朦胧的景致里
用蓬松的激情，把酒蘸梅
燃烧的心火，印发片片冰冻
龟裂的土地，和昂扬的双手
以迎接的渴望，期待一场飘落

清晨的墨迹，停留在未干的风景
一纸固守的青白，凌乱如麻
在遥远的天际，用烟花的悲情
或精准的错落，遗世独立
明明是冰火的悸动，偏偏在风里
选择独舞，以粉身的勇气
笃定，一份蓝色的厚重

倚在冰雪的脊梁，俯瞰落日黄河
咬碎的牙齿里，雪花沸腾
六角形的魔方，深刻着仇恨
从龌龊的云海，无差别肆虐

悲情的眼泪,从严冬的锁骨里
折射温情,让濒死的苍白
在行将就木前,以娱乐的方式
漫天飞舞,自行凋敝

2023 年 11 月 13 日午时写于贵州都匀香格里拉

冬至

当冬天走向极致
寒冷随日头趋向坚挺
季节鲜明，阴阳自此分界
光阴躲进袖口，以数九的方式
倒数春光，饺子和馄饨
在南方和北方，被同时举起
祭拜先人，也祈福现世

西双版纳的风，一改燥腻
以温暖的高冷，将时令抛弃
远在漠河的媚娘，燃起炉火
以十二分醋意，装点爱情
乌克兰的战火持续
在加沙苦难的人群中
满目疮痍，无辜和无望的眼神
远远超越季节的冷酷，人性
在疯狂的报复中，獠牙锋利
一些声音，在眼前鸣响
也让季节，轮番降温

雪花不紧不慢，用自己的方式
走进春节的门槛，飘动出祥瑞
披红戴绿的男女把季节扔在脑后
羽绒和雪花，默契如热恋的情人
以不屑的态度，将电视和报纸
扔进时间的缝隙，在屏蔽的世界里
屏蔽噩耗，也屏蔽自己

2023 年 12 月 14 日凌晨写于贵州都匀香格里拉

小寒

“岁寒三友”，在凛冬的风里
仍有一群战士，挺立于哨位
庭院中，竹以苍翠展示顽强
雪野里，梅以绽放之势笑傲江湖
悬崖上，松以坚韧之躯独守隘口
在无声中，以静默的力量
挺举生命的存在，也用精神
雕塑楷模，在极端的苦寒

春暖一家，在凄惶的腊月
用一碗热粥，煮开柳暗花明
桃花粉白，娇俏出少女的明媚
杏花嫣红，在微雨中轻吻露珠
李下有意，甘和一个诗意的远方
季节的风，在万变的瞬息里
当一个时令开始，下一个历法
同时孕育，在向暖的时光

墨念一池，在青白处留名

明媚的向往，总在高寒的深冷里
坚冰与烈火，都以对等的态度
在下一个季节的嬗变，同归于尽
站在城市的围墙，细数星星点点
或在山野的一隅，淡烟修竹
任铁马万里，在斗转星移中
酒肉穿肠，亦种草摘花

2023 年 11 月 16 日上午写于贵州都匀香格里拉

大寒

寒至深处，时令苍白出底线
绝望的呼号，以穷尽的力量
点燃漫天冰雪，喧天的锣鼓
沸腾出迎新的方队，爆竹连天
喜鹊一般，挂满村头巷尾
万千里江河，奏响春之圆舞
日头扳着手指，用温暖的渴望
把寒冷，从日历中撕下

冷到极致，索性就裸出顽强
生命的力量，以不屈的坚韧
点绿茫茫田园，一畦畦菠菜
迎风站立，比肩山岩之雪松
麦田掩去阡陌，以诗意的纵横
擦亮星空，在向往与现实间
搭建希望，通向温暖的桥梁
把幸福，缠绕成麦田与彩虹
在天赋里，与生俱来

心从轻奢，在极简的风里
只要一缕光，治愈经年的疮疾
或者一片云，撬动深远的浪漫
哪怕是一堆雪，也足以掩埋
丢弃的垃圾，或者苍凉的黑暗
信仰，足以越过寒冷的刀锋
冰山覆盖的雪莲，以整装之势
指日待发，让春归大地

2023 年 11 月 18 日凌晨写于贵州都匀香格里拉

春天里

还没有听到惊蛰的雷声
也来不及迈开下一个脚步
便被城市的马达叫醒
这在一个怀春的早晨
悲催至极，连无奈都没有表情
布谷鸟的叫声凌厉
以一种破解的方式
将我开在春天的花朵
碾轧成漫山遍野的碎片

还没有看见报春的木棉
甚至还没有鼓起踏春的勇气
便被季节的风凌乱地迷失
那些山间的每一棵小草或者岩石
都以书页的形式延展
我眼睛麻痹，也无力举起右手
翻不动早已发黑的封面
记忆中的每一片风景
都被风吹成腐朽的模样

在茫然中坠落，形只影单

还没有走进旷野的深处
甚至还没有触碰大地的胸怀
便被一条发情的蟒蛇牢牢套紧
我所祈盼的篝火和黎明
还有梦中的晴空和诗行
都已黑死，像枯败的玫瑰
被爱情废黜，遗落在冰冷的街角
这原本明媚的春日，和风向暖
可我，却卑微成一个细小的虫体
但我的心是孤傲的，清高冷艳
即使埋没在沙砾，或者废墟
都会以退守的力量，发光
甚至咆哮和呐喊，哪怕是哭泣
都将拭目以待，以肃立的态度
迎接春天的黎明

2023年2月27日下午写于广州南沙时代南湾

清明节纪

瘟疫一波一波地来袭
如横亘在生命中的一道道沟壑
让时光挣扎在岁月的河里
齐杰拉的狰狞是人类的悲怆
罪恶的魔爪张扬着魔法
肆虐的不仅仅是大地的生灵
还有精神的坍塌和灵魂的无助
本在清明的时光里
无法纪念的除了祖先
还有一条逆行的河流

噩耗一个一个地传来
如弥漫在眼前的一片片洪荒
让人间烟火在黑雾里迷失
猫头鹰的哀鸣是瘆人的鬼哭
发抖的土地笼罩着寒战
冻僵的不仅仅是血肉的组织
还有传统的丢失和文化的糜烂
本该寒食的纪念日

不能躲避的除了恶魔
还有一片倒塌的楼宇

神经一次一次地惊悸
如抛弃在荒野深处的一具具行尸
让生命暴晒于毒烈的日头下
清明节的纪念是感恩的祈祷
活着的生命奋力地延续
悲催的不仅仅是形式的毁灭
还有情感的阻滞和泪水的霜结
一个蓄谋的梦想里
没有达成的除了愿望
还有一个孤苦的魂灵

2022 年 4 月 5 日清明节祭

二月的回声

惊蛰还没有醒来
雨水已蛰伏起身子
以躲闪的懦弱消遁
在无风的季节
让二月的回声逆流成河

二月的河水依然冰冷
所有的手一色地揣进裤兜
以梦游的方式消遣日月
在等风的时节
把生命的意义挂上树梢

或许,二月是有风的
满眼的落叶已证据齐全
以沉默的姿态诉讼天庭
在有雨的日子
等待一场自虐的裁决

无疑,二月的风是有声的

凛冬经不住无情的涤荡
以式微的人设举手投降
在有光的世界
明媚出岁月的芬芳

显然,二月的回声是清晰的
透明地伴着心跳的起伏
在网状的集结里
使眼前明亮出一个个窗口
辉映着春的来临

2023 年 3 月 2 日上午写于广州南沙时代南湾

端午

烈日当头，毒辣出一根根芒刺
在未伏已伏的麦田里
我挥汗如雨，将一片片起伏的麦浪
推进江水，推进两千多年的思念
那些竞放的龙舟，还有晶莹的粽子
在滚滚浩荡的《离骚》中
年复一年，再一次把江山染红

江水悠悠，龙舟以《天问》的气势
激出一岸热烈，那些挥动的手臂
将一株株麦子撂倒，又将一个个信念拾起
在汨罗江，在荆楚大地的怀里
在屈子的笔下，以燃烧的方式
枯萎成诗，用整个江水的鲜红
从秸秆到麦粒，铸酒成韵
在《九歌》的辞赋中巍峨
那大河大江中耸立的千帆
都以吼喊的方式，痛诉
华夏的家国和神州的情怀

麦浪滚滚，在收获着金黄的喜悦里
我无法微笑，甚至也无力哭泣
在屈子壮烈的《九章》里
我看见一个诗人用绝世的愤恨
连同纸笔，把身体投入滚滚江水
如同一朵饱满的麦粒，以最后的丰盈
回报土地，也以最后的生命
昭示后人，也昭示来者
此刻，我再也握不住诗人的笔杆
就像握不住一颗滚烫的心脏
在这麦浪滚滚的盛夏
以一个诗人对一个诗人的景仰
或者纪念，把自己交给诗和远方
要么融入江水，要么染黄麦浪

2023 年 6 月 22 日端午写于广州南沙南北台

月上中秋

没有哪一天的月亮
比你，那一脸生动的皎洁
在天上照亮我，也在心中
照亮你，所有生命的暗夜
因着一缕清晖，让灵魂崇高
一些风，在沁透月光之后
以响亮的模样，洞开思念
在黢黑的隧道里，艳丽成花
时光的专列快意成诗
在月圆之时，送达

没有哪一天的思念
比之月亮，更懂经年的心事
在故乡的树梢，也在笔尖
流淌，那些坚硬的文字
还有打结的诗行，暗礁一般
躲藏，在心底最柔软的记忆
苹果的青翠，石榴的绯红
如一块块月饼，饱满圆润

凭少女之心，托起中秋之月
让积蓄太久的爱，情窦初开
为明月做证，践行箴言

没有哪一天的诗意
浓过中秋，滚烫的乡情
在岁月的激荡里，陈香浓烈
老酒一般，在时间里滋养
那条熟悉的巷道，还有炊烟
九曲回肠，以缠绕的方式
擎起一棵树，也托举一轮月
让漂泊的心，安在归处
也让思念的锚，打捞上岸
趁着月上中秋，启航

2023 年 9 月 19 日凌晨写于广州南沙

秋韵

天高云淡，秋色郁深的风景里
一字排开的大雁，以归巢的阵容
划开天空的翅膀，用诗意的旋律
舞动斜阳，在秋收的喜悦里
将温暖，洒满江河湖海

大地飞歌，渲染季节的高潮
如海的稻浪，起伏出滚滚爽朗
高粱驼起夕阳，以火把的姿势
醉卧秦岭，将彤红的深秋
摇响，在淮河两岸

秋高气爽，风以信使的脚步
报道山谷的回响，穿越千年
在壁立千仞中，肃穆安然
花红的遗言，和着蚱蜢的眼泪
在历史的编年里，落墨砚石

枫叶红椒，如易安词行的花骨
丰盈季节的欲望，烟柳弄晴
一些落叶，在垂危中经天拂地
类似丰腴的肚腩，在雍容中典雅
将一季的吟咏，尘封在扉页

秋醉暖阳，睡在红黄的深处
站在冬天的渡口，任夜露白霜
只要心中滴翠，壮怀一匹白驹
或者举一杯烈酒，擎起日月
以风为标，竖起一面旗帜

2023 年 10 月 21 日写于贵州都匀山语湖

重阳在高处

年复一年，在季风的拍打中
以登高的姿势，将重阳抬举
是战国的硝烟升腾了记忆
还是盛唐的光辉擦亮了眼眸
一年一节的祝福，周而复始
在懵懂中祈祷，也在攀爬中长高
一些飘落的叶子，满脸风霜
像似曾相识的故人，在远处
用高举的笑意，频频颔首

日复一日，在所有的飞短流长中
路让我们越走越远，仓促的岁月
如湍急的河流，以逆向的冲击
涤荡千秋万物，斑驳的时光
斑白出缕缕青丝，将苍山催老
风以不朽的记忆，明媚年轮
故乡月光依旧，枕在桥边安然
一些故事，辉映在登高的路上
在重阳节追忆，或者题记

登高远望，候鸟在天空跋涉
那些年轻的脚印，隐约可见
当年未曾理会的野菊，露珠般
雄壮在心灵的口岸，在重阳之日
将生命的手伸向渐红的枫叶
九月的风，扇硬飞翔的翅膀
当漫天落叶宣告一个季节的终止
或以最初的平庸书写人生的高洁

2023 年 10 月 23 日下午写于贵州都匀香格里拉

与四季言和

春日，我想张开双臂
在百花盛开的季节
牵手微风，邂逅明媚
依着丁香的优雅
在桃花深处，印一抹腮红
也在梨花的树梢，绽放
一个季节的香息
所有迎春的笑脸
在心中，释放爱意

入夏，我想引吭高歌
在一片火热的掌声里
在湛蓝的天空下
听雷声掠过天际
看湖水挺举百荷
在昂扬着生机的沃野
与知更鸟促膝
在蜻蜓散漫的飞翔里
找寻一季清凉
在梦里，想象成真

秋季，当然要置身于丰硕
满眼的金黄，在收获的眼里
曲调高扬，沉甸甸的果实
在秋高气爽时，赏心悦目
季节的风，摇醒月亮
在云的深处，深情告白
一些落叶，用声音传递
每一颗丰满的谷粒
在凝望中，用奔放的语言
打开生命的窗扉，让秋事
漫过溪水，漫过青春的高地
在风中，抹红爱情

冬至，我想迎接一场洁白
在凛冽的寒风里，等待
一些飘落，如天女散花
在曼妙的舞蹈里，静听
一种色彩的倾诉，在雪野
唤醒亿万个生命的海子
一些翅膀，在纯白的天空
振起朵朵祥云，让自由
在浩瀚的雪白里，随风
掠过苍茫，掠过生命的无奈
在远方，种植理想

2023 年 12 月 12 日午时写于广州番禺

花　语

丁香

从江南湿漉漉的雨巷里
从戴望舒深情的思恋中
遥望一树清新的独白
一个端庄秀丽的女子
在回春的微风里，浅笑安然

涉过深水，也在泥泞中跋涉
那些或深或浅的脚印
都在岁月的皱褶里
被记录，或者被遗忘
直到这一朵丁香，重拾信念

无心流连国色天香的牡丹
也无意惊扰傲雪而立的蜡梅
只想在这炎热的盛夏
觅一深幽的雨巷，独享清新
在戴望舒的诗行里，一骑芬芳

没有梵高模糊的往事
也不再牵挂金灿灿的麦田
我只想凝望自己的凝望
在一片片纷繁的花丛中
恪守，一条深深浅浅的雨巷

或许，在你伶仃的寂寞里
一样写满了我的孤独，还有惆怅
在一幕幕烟雨红尘的喧嚣中
我就是那个懵懂的老者，麋鹿一般
装饰在你的心房，悄然盛开

或许，我只是一个孤独的旅者
在孤独的守望中，意外遇见
在四月的窗口，有一株娉婷
随细雨漫卷，在落红处倾诉
为一个茫然的游子，轻启柳笛

或许，你就是一纸红笺小令
抑或是天边一抹清清的云霞
在我最初的记忆里
还是那个清幽的背影
还有那个绵长的回望

2023年6月21日上午写于广州南沙九王庙

蒲公英

以流浪的形式
寄情于风
在漫无目的的飘荡中
寻找爱的坐标
没有刻意的追逐
也不屑于厮守的纠缠
只在自己的风中
欢快起青春的舞蹈

以执着的信念
展开翅膀
在轻如鸿毛的离散里
种植生命的爱
没有选择的欲望
也不在意所谓的高度
只在自己的世界
开出自由的花朵

以生命的力量
如影随形
在风云多变的季节里
坚定理想的信条
一生所有的期待里
都寄托于风
或者以笑的形式
粉身于浪漫
成就自己的诗和远方

2023 年 5 月 9 日凌晨写于广州南沙九王庙

白蔷薇

朵朵白色的晶莹,从银河飘至栅栏
也从案头的宣纸上,跃入眼帘
繁星点点处,是静静的幽香
从今夕何夕的诗经里
经历魏晋南北朝的季风
穿越半个世纪的风雨之后
你欣然落入我的小院
在我肩头,也在我的心上
悄无声息地豁然开朗

没有光鲜的容貌,甚至
也没有特立的枝干
只将一袭纯白的静柔
在月光皎洁的古巷
在蜿蜒着行人的驿站
或者小溪潺潺的岸边
浅笑安然,不惧风雨
也不在意季节的轮替
即使粉身,也以微笑的方式

让所有的终点终止于起点

凝眸这盏盏的纯白
爱慕和青睐在心中同时树立
我知道心底那个永恒的念想
就是这一树素雅的洁白
在一生的等待中
纵披肝沥胆，也默默守候
那一个纯粹的理想
就是以纯粹的方式
静待花开，也迎风飘落
在彼此救赎的时光里
穷尽生命的纯白

2023 年 5 月 31 日下午写于都匀香格里拉

郁金香

夏雨淅沥，雷声从遥远的海岸
敲响黎明的玻璃，花朵一般
盛开在蒙胧的眼里，百花深处
你以浓郁的芬芳惊艳了整个夏季
我知道，你是另外一缕风
泛着六月的火热，还有真诚的表白
在我摇晃的高脚杯里
开出一朵纯白的郁金香

我知道，你其实在很远的地方
那种冷艳的绝对，光芒一样斜射
在流星花园里，独树一帜
天使一般开出法兰西的浪漫
我知道，你其实离我很近
在咫尺相对的屋檐下，那一抹杏色
在阿拉丁的城堡里，深深种植
以印记的方式，铭刻在深埋的心底

或许，你这郁郁的香氛
本就不属于某个深宅别院
也不应该作为高贵的馈赠
只属于紫衣王子，或者夜皇后
或许，你这烛光里的情人
更应该像一个阳光少年
绽放在高山之巅，或者雪野之上
不管是一朵朵还是一片片
也不论粉色博瑞还是亮丽鹦鹉
只要你在心上，在怀里
我都将伸长脖子，在仰望中
让生命融进岁月，也让爱情
融进泥土，融进你的芳香

2023 年 6 月 11 日午夜写于广州南沙南北台

昙花

没有人在意你的绽放
就像你压根儿都不把光彩
停留于市井，招摇撞骗
在你忽闪的生命里
没有一盏灯，可以照亮
这濒死的宇宙

无心关注一个自闭的生命
就像无法留意一场无期的花开
在各自精彩的万紫千红中
那些追随太阳的笑脸
都以人性的站立
温暖出季节的气息

暗夜里，任何肆无忌惮的弥漫
都无法惊起所有的安详
即使表白，也以无力的挣扎
在孤芳自赏的迷雾里
以自毁的方式自取其辱

在暗无天日的洞穴孤零

或许，你也曾渴望于永恒
但在通向寂灭的生命里
没有谁
能够把末日的光环，永垂
在昂扬的颈项和向阳的花海里
那些混沌的涅槃，还有满地的落英
终将凌落成泥，自惭而形秽

2023 年 6 月 24 日上午写于广州从化

和光同尘

和着日月的光辉
或者尘土飞扬的迷蒙
自由的伸展，亦如飘落
一些夹缝，图腾出契机
没有理想的高地，更没有
僵硬的坐标，故步自封
只凭一缕风，或者一片云
在时光中慢度，浅笑安然

光芒四射的梦想
还有曾经年少的追求
以撕毁的方式，解除契约
任由炽烈，在太阳下逃逸
混迹在沙砾中的生命
在广袤的土地上，流转
自由的轨迹，如天上的翅膀
在生命的遨游中，肆意逍遥
以打开的方式，花开见佛

同休等戚的世界里
唯有共济，在浪花里追逐
可以是一朵飘动的白云
亦可做一粒不屑的飞沙
在没有选择的被动里
权作一次仙游，在意外中
享受独乐，以一片叶子的模样
在苍穹下泛舟，陶然世上

尘世无常，在风雨中变幻
那些所谓的阳光普照
都是昙花，在瞬间绽放
美丽如梦想，总在明灭间
匆匆如过客，在风中凌乱
怀抱中的灵魂，胎记一般
描绘生命的勇武，在骨子里
留一份念想，或者一缕清风
以出世的姿态，活在当下

2023 年 10 月 30 日午时写于广州南沙

花开见佛

花开的声音，掀动心头的白鸽
簇拥的锦绣，在未央的池中
以点化的慈祥，敲响晨钟暮鼓
天地如来，在顿悟中修行
洞开的世界，以清扬的自在
若青莲净植，在心中安详

开在心中的花朵，静洁如莲
以中通外直的品性，孑然独立
尘世纷扰，在自洁中笃定
山野里闻风，在林深处见鹿
倚在心湖，观万壑幽深
权借一杯清茶，伴一路花开

见万物大千，只需一瓢饮
喧嚣之下，我自立地成佛
处红尘而不惹，站淤泥而不惊
活在当下，看时光落地成灰
拈花一笑，任岁月何去何从

且用一双眼，在心中剥离

佛在心上，如菩提的光亮
在觉性的花里，永跃神明
世事如风，每一片叶的舒展
都是一棵树，或者一个生命
在经年的断灭中，自我纯净
以一朵花开，照亮世界

2023 年 10 月 22 日凌晨写于贵州都匀香格里拉山语湖畔

醉寄桃花源

一夜的缤纷
从陶渊明的世外
从东晋歌舞升平的酒肆
从桃花掩映的深处
醉卧成诗，穿越寂静的冷夜
有一星灯火阑珊
有一瓣桃花入骨
倚着周公松软的臂膀
茹古涵今，文化出亘古的诗情
晕染的山水泼墨如画
让我的世界与我，同醉

一窗透明的桃花
辉煌出东晋的历史
也让陶公耀眼于今天的记忆
在山水古老的夹缝中
那些斑驳着的苔藓
还有摇晃着岁月的水草
都以自由的方式

盛开在时代的怀抱
桃花掩映，在含苞与怒放之间
响应着春天的脚步
在花蕊的深处
快意出生命的丰硕

无序的飘落
如天女散花般铺展
把生命宣泄出嘹亮的自由
无天无地，无我无他
在满眼桃花的深处徜徉
在自己的王国里慢度
倚一窗轩榭
举一杯老酒
与陶渊明对饮
邀东坡先生下棋
跟玉皇老儿斗法
如王者归来荣耀之至
今夜，我就沉醉于生死之间
也在生死之间沉醉
但等我的呼吸停止
我想，那朵娇艳的桃花
势必挺立于我的眼眸

2022 年 11 月 27 日晨写于广州南沙九王庙

蓝蝴蝶

倚在匀上，在香格里拉的臂弯
独对星空，沁润在山语湖静谧的怀里
山林隐去红尘，与烟火遁入
清脆的蛙鸣，还有夏荷的芬芳
一影蓝色的诱惑，妖姬般闪现
瞬间划破夜空，萤火一般
点亮另一个宇宙

是谁，又是什么力量
让今晚的月亮如此皎洁
缘何，天地以一种怎样的魔法
让这旷世的光芒美艳如诗
或许，是因着那一双蓝色的羽翼
以一种非常无常的扇动
绝世了我一生的飞翔
或许，是因着那抹深蓝的诱惑
以羽化成仙的深邃
飘逸出另一个生命

今夜，我想活在我的蓝色里
天空是蓝色的，蝴蝶是蓝色的
大海是蓝色的，蝴蝶当然也是蓝色的
湖面是蓝色的，心里一样是蓝色的
当然还有我的蝴蝶，依旧是蓝色的
每一次自由的飞翔
在我如海的记忆中
都以蓝色的图腾
撰刻在生命的桅杆

2023 年 5 月 30 日午夜写于都匀香格里拉

山楂树

远远地望着你，就像期待多情的眸子
在高高的山巅，你高举起热烈
以一树晶莹的绽放，将我化为乌有
花瓣纯白，点缀出世间的净洁
我拥你入怀，渴望用一世温暖
共同站立，在四季交替的每一个路口
也携手面对，每一次风雨的侵袭
都把生命中所有的花期，交付星空

近近地瞅着我，你挥起柔软的手臂
枝丫一般，瞬间弥漫我滚烫的身躯
每一次覆盖，都激荡出岁月的呐喊
黄河奔腾，在生命的底色里漫延
如长江之水，绵绵不绝于灵魂的回响
在六月的花季，我以我沸腾的热血
盛满所有的矫情，以蜜蜂的勤劳
蘸着你的花香，笔走龙蛇
趁着夜色皎洁，读写情诗

山楂树下，你以妩媚的枝叶
舞动出痴情，在光滑的皮肤上
烙印唯一的风景，那些被我爱抚的痕迹
树干一般昂扬，粗糙而坚硬
宽大的风衣里，藏着你太多的迷恋
在袖口的透视中，沸腾出人类的力量
或许，一棵树就是一座城堡
在遥不可及的想象里，只能用心
覆盖你的身体，就像覆盖你的影子
那些树下纠缠的片段，如九曲恋歌
含英咀华，挺举出一串串火红的果实

彻夜的朦胧，清晰出一棵树的守候
如此巨大的森林，无法抗拒
山楂树的依恋，让所有生命的归宿
坚定守护，那份铭刻的执念
或许，一座山的沦陷会因为一片海
而我却愿意成为一棵树，或者一片枝叶
用那些凝结的露珠，煅烧爱情
或许，我根本并不在意山的存在
在阔大的世界，我只要拥有一棵树
一棵种在心中的，永远的山楂树
用我的身体，融入你的身体
也用我的疼痛，植入你的疼痛

一起欢愉，也一起歌唱
用一份古老也清澈的执念
守护，另一个人的心空

2023 年 7 月 21 日凌晨写于贵州都匀香格里拉

柳絮

春天生发的欲望
飘飞出太多的无奈
思念在窗口的深处定格
以滚动的姿势
或者奔赴的状态
挺进荒野，也栽进泥潭
伴着幽怨的雷声
还有，淅沥的雨滴
嵌入发黄的书页

在南方茂密的森林里
没有一棵挺拔的身姿
昂扬出季节的风范
行人攒动的堤岸
弯成仕女的柔媚
眼脸低垂着羞辱
谄媚成诗，向着远方
在逢迎与阿谀之间
将生命蹂躏成一粒粒种子

在有情与无奈间张扬

或许,这些盲目的柳絮
还有漫无目的飘飞
从未走出过生命的册页
在一些根的底色里
始终埋藏着深深的无奈
比如乡愁,或者理想
都在盘根错节处,打结
远处,是故乡的炊烟
还有鲜活的童年
伴着清脆的牧笛
在心中吹响的
是序曲,也是乐章
或许,在飘荡的路上
那些所谓图腾和希冀
在未知的未来
都在翻飞,或者沦陷

2023 年 8 月 20 日下午四时写于贵州都匀香格里拉

陌上五柳

从未有过，一个清晰的声音
或者，一片叶子的召唤
能够刷新儿时的记忆
木制的手枪，伴随童年
别在裤兜里的弹弓
就像别在胸口的思念
手持恺撒大帝的黄金宝剑
在阿波罗的太阳马车里
或者奥林匹斯的宫殿上
以维纳斯最初的想象
任伏尔甘，挥斥方遒

从未停止，一些含混的思念
或者，一缕炊烟的记忆
能够屏蔽遥远的陌生
村口的芦苇，河汊干裂
揣在腋下的书包
就像攥在手中的信号
在黄土地的灰黄里

找寻一片青纱帐的声音
或者，遥望一垄麦田
从沉甸甸的渴望里
透视，妈妈的眼

从未厘清，一庄五柳的来意
或者，一个生命的周期
能够鬼使神差地打开
思绪的闸门，逆水行舟
挂在嘴边的理想
就像匍匐在手中的皂液
在时间之流的冲洗下
无可奈何，在顺流中
以沧桑的姿态，隐于田土
在东晋陶潜的庄园里
以五柳入诗，采菊南山

从未忘记，一个生命的起初
或者，一则消息的由来
能够聊以自慰的精神
以不死的借口，攀爬入室
像登高的长者，百喘不息
在执拗的因果里，轮回成诗
五柳荫下，约李白畅饮

东篱之侧，与东坡下棋
先生与鹅，在田园里沐浴
麦田金黄，在童年的梦里摇晃
也在迟暮的心上，放逐

2023 年 10 月 20 日凌晨写于贵州都匀香格里拉

野百合

远离尘嚣，以孤高清冷的身躯
将信念植根于荒野，或者峭壁
如闲云野鹤，在自己的春天里
悠然自得，揽一片时光轻许
在无人的街道，淡忘尘事
以暗远的幽雅，捡拾流光

静若处子，在安然的绽放里
高昂起生命的颈项，以独特的芬芳
经风沐雨，让流动的鸽哨
还有飘飞的白云，在组歌里
合成生命的交响，一些誓言
划过星空，也划过旷野
在心中割据，也在风中盘旋

如果真的可以丢弃，丢弃梦想
丢弃街灯，丢弃嘈杂的皇天后土
我愿意，在深远的荒漠边陲
在巍峨的群山峻岭，在日落前

用一生的热烈，怀抱你
你的寂寞，还有淡淡的忧伤
用生命的余热，久久依偎

2023 年 11 月 24 日上午写于广州南沙

栀子花开

越过冬季的凄惶
避开争艳的春日
优雅地站在六月
在明窗净几的眼里
一抹柔顺的刘海
以前所未有的秀丽
一些反复吟咏的文字
嵌入诗行，轩然落墨
静远的香息，字化成章
从太行巍峨的群峰
到岭南蜿蜒的河流
以一袭静雅的暗香
绽放生命的笑脸

酩酊的迷醉
总有一个打开的窗口
站成一树洁白
在安然的浅笑里
流动出岁月的芬芳

黏稠的血液几经沸腾
陷入燥热的渴望
凭着诗人的笔触
就想铺展这样的洁白
在花朵一样幽静的清晨
用溪水一样幽静的等待
在心中，静待花开

披着月亮的清辉
以翘首的姿势
贯注一场花开
一种纯美的期待
柳丝般拂过心扉
一些不能触摸的幸福
幻作淡淡的忧伤
伸向遥远的窗外
在站台，潜入熙攘

2023年12月1日下午写于河北石家庄

蜡梅

以一举高傲的冷艳
为季节点燃一堆堆炽烈
那些昂扬的颈项
士兵一般，挺举起信念
将旗帜插进凛冽的雪野
那些傲然的笑意
在枝头，集体宣誓
生命的骨节，在磨砺中
树起一帜英雄的番号

以自在冷峻的巍峨
傲视雪野，在肃杀中俯瞰
一些宵小卑微的茫然
在对视中，以分明的界线
将黑白尽收眼底
任寒风劲吹，冷雪肆虐
总以盈盈笑意，将不屑
塞进宽阔的岁月，或者
以侠骨的柔情，轻启花蕊

让一些爱意，铭心刻骨

以坚定不移的执着
孤独出一个季节的清骜
从不计较一场雪的动机
或者，一个暗夜的阴霾
只在自己的额头，刺破黑暗
将满腔热血，温暖点亮
以一树红梅的绽放
在雪舞的时节，引吭高歌
用一个神话般的向往
朝着烟火的方向，轻渡
一颗凡心，或者梦乡

2023 年 1 月 5 日凌晨写于广州南沙

所谓叛逆

从咿呀学语的蹒跚
到少不更事的执拗
在所有任性的目光里
一个叛逆的枷锁
以套牢的方式
重叠出生命的迹象
一些重复的叛逆
在生命的重叠中
重复叛逆的时光

好在,我有一根反骨
一株系在生命的藤蔓
在没有周期的叛逆里
一些格格不入的日常
纠结出父辈的烦恼
世人攀附的高枝
无法搅醒我的月夜
倚坐断墙尤壁上观
一切草木与我无碍

绝不姑息大树的庇荫
只做葵花,逐日向阳

好在,我有一双翅膀
可以远离尘土,在世俗中
拥有叛逆的力量,翱翔
在自由的世界,沉溺遐想
从不与孔孟坐而论道
更不屑什么萧规曹随
我只想在自己的赤道上
拥抱自己的太阳
朝着有光的方向
叛逆一些悖论
挺举一些力量

2023 年 12 月 5 日凌晨写于广州南沙

刺梨花开

站在峭立的石壁，面若桃花
以布依姑娘的素雅，装饰季节
在温柔以待的明媚中，用一粒种子
在贫瘠的山野，种植爱情
也在爱情的绽放里，锻打意志
亦花亦刺的世界，用缝补的方式
将温婉，托付岁月的虚空

依着丛生的荒野，迎风生长
一些流淌的故事，在剑江的诉说里
以烟火的形式，翻腾人间的温度
在酒杯里，酿出刺梨的芬芳
欢乐在山寨，以曼妙的笔法勾勒布依人的爽达，举杯同庆
舞动的头巾，以颠覆的形式
把斗篷山的巍峨，藏进跳跃的裙裾
刺梨花一般，在风中摇曳

和着清脆的山歌，翩然起舞
一朵朵刺梨，如整齐的乐队

在竞放的芬芳里，交响太阳的光辉
蜡染和水书，以流动的方式
记录经年，也以盛开的姿态
渲染爱情，用刺梨幽邃的通透
在朗阔的黔南，和一样朗阔的山水间
把酒问盏，逍遥对酌

2023 年 12 月 10 日凌晨写于广州南沙

映山红

旷野里，站成火把的姿势
用一腔热血，染红春天的枝头
在风中，以徐徐缓缓地飘动
唤得满目嫣红，如猎猎旌旗
以子规啼血的凛然，漫山红遍
杜鹃鸟衔来布谷，用声音雄起
高山的精血，松鹤一般
挺括，生命的豪壮

岩石上，挺举起山的巍峨
用一片鲜红，铸就英雄的雕像
在雨里，以淅淅沥沥的诉说
组成生命的乐章，在交响里
以排山之势，让沧海横流
丛丛簇簇的摇曳，华盖一般
宣示坚韧，用血染的方式
描绘，杜鹃的花语

诗行中，一些赫然纸上的风骨
以矗立的姿势，塑成一道道丰碑
一抹丹青，在时间的隧道越发宽阔
两行相思，在轩窗回廊漫道
杜鹃呕血，只为一颗心的坦露
在布谷的季节，啼红生命的火热
时间深刻的眼里，以流淌的记忆
撰刻，挺举的意义

2023年12月13日上午写于广州南站

流星

无法定格的美丽
就像握不住的流沙
从凝眸的瞬间
还有宽大的腋下
在指缝间溜走

攥不住时间的手
就像拽不住温暖的衣袖
从开合的闪亮中
便把最美的独舞
镶嵌在自己的生命

多少个寂寥的夜晚
在多少次梦中闪念
我用眼角的余光
专注你的美丽
就像一次暗夜的启明

在稍纵即逝的绚烂里
我不敢仰望
只在侧目的瞬间
让一道道亮丽的风景
载入我的星辰大海

明月是你，在树梢间含笑
清风是你，在拂动中明眸
蝴蝶是你，在飘飞的舞蹈
蜻蜓点水，在明亮的水面
轻描淡写，绘就长河落日

在这聒噪的夏夜
还有蛙鸣侵扰的雨季
我期待一刻明灭的飞翔
如漠上清高的足音
有串驼铃，在心中摇响

2023 年 6 月 24 日晨写于广州南沙南北台

雪舞

走进风雪

既然已是寒冬
我们毫无二致地走向风雪
走向生命的巅峰
阳光向背，没有日常的岁月
我们只能把身体交付季节
在无辜中感受无奈
料峭的北风精神抖擞
让冻僵的土地无地自容
我们以一根草的茁壮
承受风雪的凛冽

别无选择的世界
我愿意挺进风雪
以昂首的姿势
讴歌生命，也为灵魂点赞
再酷的严寒
也压不垮直立的脊梁
没有畏惧的心灵
可以收获风的消息

拈雪蘸梅,醉出一世憨笑
雪花总以钟情的飘落
伴我在独饮中酣然

我愿意走进这生命的风雪
就像倚在维纳斯的臂弯
徜徉在一片柔软的胸怀
享受诺亚方舟的快慰
当生命交付于天
所有的飞翔都是我的飞翔
所有的快乐都是我的快乐
所有的时光都是我的时光
所有的方向都是我的方向
在自由的天堂里
我主宰我的主宰
那些所有的来临
都是幸福的来临
我将以我为主
沿着既定的方向
行驶,或者飞翔

2012 年 12 月 4 日下午写于广州南沙南北台

雪中，与一只麋鹿邂逅

暴风雪中，一只受惊的麋鹿
在仓皇与绝望中逃遁
我根本不是一个猎手
甚至缺乏捕杀的动机
唯有手中那把老旧的套筒
斑驳出一些想象或者欲望
雪野中的动物很少
似乎只有这只丧失警惕的麋鹿
在眼中跳跃，与我眉目传情
有风掠过，惊鸿一般的站立
我拭目以待，用和平的方式
把冲突升级，当对峙成为欣赏
期待的过程如雪地的骄阳
热烈地释放出人性的光辉
距离让时空充满诗意
如星光铺展的大道
雪国温馨，热情让双手昂扬
在一个村庄的废墟上
我以雪为泥，按城堡的设计

为你搭建起一个纯白的小屋
想以洞房般的柔情
迎接你的到来
此刻,我将持枪以待
等待那只仓皇的小鹿
在这洁白纯粹的土地
完成一次绝世的撞击
或许,只有这仓皇的奔腾
或者撞击,才能让我回归
在动物世界里快意恩仇

2022 年 12 月 6 日晨写于广州南沙九王庙

在岭南惦记雪的舞蹈

一颗裹蒸粽或者糯米鸡
以早茶的形式，贯穿
在眼里飘落的
是一朵朵六角形的羽毛
那些飘飞的姿势
如一个盛装的舞会
粉饰着冬之落寞

入冬以来
我一直渴望入冬
有霹雳和滚雷的驾临
有闪电普照大地的光芒
一批提枪的猎手
定气凝眸，几乎同时勾动
那个快活着人类的扳机
一些麋鹿不再奔跑
它们以静止的模样
或者以颗粒的形式
再一次积聚，在餐桌之上

供人们大快朵颐

岭南无雪，在雪舞的时节
我们感受着一个个颗粒
粉尘般跃入眼睛，然后
再勇猛地贯穿于心
胃里，不再是粮食的蠕动
也没有味蕾的芬芳
那一粒粒石结的坚硬
搅拌出一片机械的轰鸣
在硕大的冬日
以序曲的姿态
翩翩起舞

2022 年 11 月 19 日凌晨于广州南沙九王庙

雪夜中，我在寻找一个影子

冬日寂静，风的声音很大
我似乎听到了一种呼唤
那种来自大地沉闷的声音
在我身体的深处撞击
一只纯粹的小鹿，以心跳的节奏
开始叩击，像雪花飘落的消息
温软地进入梦乡
与一个影子不谋而合

雪野空旷，听不见人类的鼾声
一匹伪装了很久的马突然跃起
在平整的洁白里踏出泥泞
让风雪顷刻间不寒而栗
当马以马的方式结为马队
我便以自己的脚步践踏梦想
让一个影子回到过去
也回到现实，以微弱的喘息
昭告天下

或许，我从来都不畏惧雪夜
也不屑于一个迟到的黎明
我只在乎那些被雪打湿的地方
还有那个已经冻伤的影子
我担心那抹骄傲的笑容
会失色于这糟糕的天气
我确信，那是一个美丽的影子
肤白如雪，发丝如墨，明眸如月
在这样一个热情的冬夜
或者一个温馨的雪野
我还有什么资格和理由
放弃寻找的力量

2022 年 11 月 19 日午时写于广州南沙九王庙

今夜，我在自己的世界里融化

有一个窗口，在左
还有一个窗口，在右
左边的靠左，右边的靠右

白天我倚在左窗
用左眼收割，让欲望成长
车水马龙在眼角处集结
竖起的城市托起广告的热烈
成人用品店生意红火
熙攘在川流不息的马路和街角
火锅沸腾，点燃出太多瑰丽
酒精翻滚，升腾起诗和远方
白天，我们遮严右窗
就像晚上我们屏蔽左边

在夜里，可以闭上眼睛
用心向右，瞭望灵魂的出口
那一扇窗户，晓月初升
一个明媚的女子舞上枝头

与肩头挺立的那树梨花
交相辉映，以烟火的妖娆
吹奏丰收的喜悦
那些油绿和着金黄的摇曳
翡翠一般装点出麦田的守望
鸟儿鸣唱，和着土地的复苏
让庄稼喧响出生命的圆舞

今夜，我将举目圆睁
用一世的凝眸
向右，与风同舞
在自己的世界融化

2022 年 11 月 29 日晚九时写于广州南沙南北台

雪之肖像

是经年的泪水
经过高温的蒸煮
从银河的深处
以爱之名
为大地洗礼
雪，以白色的纯粹
笼罩出冬的颜色
一些树
以枝丫的断裂
枯朽成梦境或者桅杆
雪一般招摇过市
挺立于苍茫和苍茫之间
为冬日扬名立万

雪以席卷的方式
为大地素描
所有的麦田和草地
毫无二致地被淹没
那些藏在洞穴里的生命
早已停止了呼吸

如叶草般陈列
隐匿于皑皑的雪野
土地里没有声息
唯有遗世的飘落
装点出华盖的美丽
那些史诗巨制的舞蹈
乐章一般载入史册
丰碑式地伫立于眼眸
马踏风疾，心在抖擞中死去
蝉翼破碎，生命被重拾
然后再一次被高举
跌落在自己的神话

雪是天庭的舞蹈
也是人间的独幕
每一次匆忙的轮演
都以大地的静默，粉饰太平
被掩盖的垃圾和尸腐
还有被冻裂的大地和麦田
包括每一粒尘埃和种子
都是时间的背书
昙花一样的绽放
都将以自尽的方式
融化，或者粉碎
在自己的梦里

2022年12月9日晨写于广州南沙九王庙

雪野，我用眼睛描绘诗行

一行或者一串，或深或浅的脚印
从我的眼睛里蔓延，那些大海的颜色
由雪白变的瓦蓝，再渐次到深绿
那个婀娜的身姿踏雪而出
留在清晨的坚定，印刷出眼睛的方向
古老的纺车执拗于旋转
并不在意那些隆重的声响
会碾碎多少人酣睡的梦
或许，盈在心头的那枝蜡梅
就是你丰满的理想，在雪野
行走于寂寞风干的诗行
远方在心头，呐喊出红色的印迹
山峰林立，白雪冰城
即使我那最清澈的眼睛
也开始模糊，如北岛的朦胧
望不到生命的尽头
至于那些脚印或者诗行
一如飘飞的雪花
边淹没土地，也淹没自己

或许，舒婷的《回答》没有回答
在顾城的眼里，那个孤僻的激流岛
就是海子春暖花开的麦田
漫天的风暴里哪有什么诗和远方
雪野里，我怀抱一把无弦的琵琶
尝试着面对大海，想象着春暖花开
用四根手指，在木板中啃噬
那些所谓的追求和梦想

2022 年 12 月 31 日晨写于广州南沙南北台

雪是冬天的渴望

北风凛冽，站在荒芜的渡口
我在遥望一场雪的到来
村庄僵硬，看不见炊烟的婀娜
树梢凄寒，抖擞着一些叶片的垂败
所有的鸟儿已经逃离
甚至那些耐寒的猞猁都已蛰伏
把生命藏进严冬的刀鞘
依稀的星光里
有火把点燃，在眼睛的尽头
升腾出一些活动的迹象

我知道，我在等待一场雪的到来
那铺天盖地的涤荡和洗礼
洁净出大地的纯粹
生命的篇章在季节的更替中开启
风一般地洗涤岁月的帘栊
夜半无眠，想象在万籁俱寂中
有一些洁白的飘落
哈达一般送来吉祥的问候

那是春天的脚步
悄无声息地点起万家灯火

深陷在故乡的记忆
有祖母和先人们的召唤
还有生命简单的渴望
我愿意把冻僵的双手交给时间
渐次抹平所有的沟壑和皲裂
让上天和大地重归于好
在岁月更迭和季节的轮回中
重拾信任，即使每一片雪花
或者树叶，泥土抑或尘埃
都能获得生命的尊重

2023 年 1 月 15 日午夜写于广州南沙南北台

遭遇冬天

空茫的天霭紧压着大地
冻僵的泥土瑟瑟发抖
有乌鸦在一些老坟上哀鸣
庄严成一个季节的图腾

霜冻以独舞的姿势被麻醉
雪花在生命终结前被遣散
看啊！你看啊！
那些肆虐的风
还有低垂的云
像队伍出殡时在集结
浩荡出多少人眼中的无助

我知道，凛冬已至
一切都在静静地埋伏
一切都是默默的等待
一切的一切
都在冷冻着躯体
也都在蹂躏着心脏
一切都是无声的冷寂

一切都是无状的死白
是啊,冬天来了

我一样躲在钢筋水泥里
和三两个称为亲人的同类
在一个从古代便已为家的窠臼中
等待冬天的暖阳
没有合上眼睛的勇敢
是因为不甘静默的死去
我绝非吝啬这苟延的生命
而是怕惊醒更多人的沉睡

冬天里没有童话
也没有想象中温暖的城堡
在静默的土地上
唯有羸弱的呼吸
吹奏着生命的马达
或许我们还有诗和远方
让季节轮回

枕着冻僵的泥土
我们渴望春天
即使我将融入泥土
融入冬天的神话
我一样在死去后活着

2022 年 11 月 6日上午九时写于广州南沙九王庙

入冬的声音

秋以满目的金黄
精致出季节的恣肆
落叶纷飞的世界
在不忍与无奈中
与自己的生命告别
水草以骑墙的方式
在转角处，借花献佛

气节，倒装出岁月
在没有贞操的记忆里
循环往复的时光
一些历史的不堪
在凛冬将至时重演
肃杀的雪野暗如白昼
没有一盏灯光，或者篝火
点亮人性，在濒死的边缘

时光顺延着河流
在不争不息中静默

大山不语，在巍峨中超然
草叶无声，待岐黄下再生
天地无间，任乾坤斗转星移
于无声处，在万物寂灭的季节
唯有夏虫的哀鸣，在绝望中
以歇斯底里的方式，告别
一个生命的悲歌

2023 年 10 月 30 日上午写于广州南沙南北台

孤独者说

明明是白天，有太阳的猩红在倒立
可我却无法打开锁紧的眼眸
到底是担心与鬼神相遇
还是躲避深藏在内心的魔障
我恍然如梦
只清楚地记得
黑夜经常会向我伸出肮脏的手
索要一些高贵的洁白
可那是我的魂灵啊
为什么可以让你束手就擒

我害怕走进黑夜
无法承受那种深刻的孤寂
风一直在怒吼，树也在颤抖
我看见一座很好的城池在瞬间倒塌
居然死在一个残障者的手里
是源于一个疯狂的嘶吼
还是因为那个原始的疯狂

我似乎看见一只蝙蝠
对,一个黑色的恶魔
在涂炭人间的生灵
它用烧得发红的躯壳
蘸满了所有最残酷的病毒
肆无忌惮地传播瘟疫
让时光停滞在一个阴险的诡道
我挣扎在悬崖的边缘
到底应该呐喊
还是悄无声息地自灭

如此,我会深刻地陷于孤独
陷于一片不可自拔的苍白
到底是无以言表
还是心理性失语
越是夜深孤独越甚
黑色是一个大幕
包裹着我密不透风
只有脑门间那个微弱的光亮
提示我生命的存在
瘦小也激动
只有在夜里
才可以孤独地诉说

2023 年 2 月 21 日上午写于贵州都匀香格里拉

雪中行

你如约而来，依旧是纯白的风衣
款款动人的舞姿，让世界静止
踩着六角形的花瓣，在你的肩头
掀动起一次次快门，定格记忆
童年的城堡，总在温暖的期待里
将一朵朵雪花，堆成冷峻的成年

你自天而降，微笑出上帝的慈祥
使节般亲切，如下凡的仙女
在人间，拨开缭乱的心雾
也拨开交错的铁轨，拥挤的站台
在净洁无瑕的世界，静听天声
任弥漫的雪花，串响朵朵风铃
让金属的声音，敲打岁月
顺沿时光，在清脆中走读

你源于梦想，源于精神的家园
那些雪白的羽毛，都是精灵
在荒芜里深种，也在茫然间昂扬

远方的黑夜，被一些星星照亮
麦苗挺直脊梁，在田野里茁壮
金黄的期望，与漫天的雪舞
交响成曲，在生命的铺展里
以行走的方式，经天纬地

2023 年 11 月 20 日下午写于广州南沙

雪野，藏在深处的诗行

鸿毛般的轻微，飘下整个白昼
一种彻底的纯美，光天化日
天空和原野，以至时间和风
在净化里静止，阅读轻启门窗
在素描的雪野，用行走的格式
串烧文字，也用清浅的脚步
印记时光，在岁月中留白

无差别的覆盖，妆成一世独白
落在地上的，与落在心里的
都以柔软的方式，坚定地站立
童话里的公主，揣上圣诞老人的祝福
在松林里跳跃，松鼠一般
游弋在快意的诗行，用灵动的自由
谋篇布局，也让凛冬的严酷
融入人性，在洁白中物化

每一场雪的到来，都在不期中
意外相遇，就像命中的注定

总能在清浅的时光里，举一泓惊艳
在迎风的行走里，踏雪留痕
一些蹒跚的脚步，在踉跄中
或深或浅，踏出坚定的回响
任风雪肆虐，都以心之向往
在通向春天的雪野里，勇毅前行
用等长的脚步，丈量世界

2023 年 11 月 22 日下午写于广州南沙

与雪相关的记忆

雪片般的爱慕，从金陵上溯
绕过夫子庙，在秦淮河里荡漾
晓庄师范的铃声，在下课前
装进邮筒，塞满青春的向往
一封封鸿雁，掠过珞珈山
掠过汉正街，掠过东湖的水面
在古琴台的遥望里，有一批雪
落入凛冽的设计，黄鹤一般
没有带回春天的消息，我知道
这是一场有关雪的记忆

风越过黄河，也越过长江
在南岭，吹皱珠江的暧昧
越秀山上的五羊，在期待中
收紧袖口，将一片片冰凉
锁进床头柜，锁进南国的湿热
在西关巨大的屋檐下，数落
永庆坊的皱纹，荔枝湾的夜景
一颗红豆，曾经火热的姿态

因为一场雪，在夏日冻结

与雪有关的故事，在记忆里
像矗立的礁石，坚硬而固执
如一场雪，在不经意的飘落中
惊艳一个季节，或者叫醒一个春天
不能裁撤，也无法阻止的镜像
在拉长的镜头中，特征鲜明
六角形的模样，如天上的星河
在飘落中，深封一些记忆

2023 年 11 月 25 日凌晨写于广州南沙

入冬，从深记的村口说起

很多个冬天不期而至
那些下雪的南方还有飘雨的北方
都以确定的方式冷冻
让心缩放，在那个记忆的村口
歪歪扭扭的五棵柳树已经老去
只有那个羸弱的影子
永恒着一个经典式的笑脸
绽放出人类所有的慈祥
挂在树梢，也挂在我的记忆
如雪花一样柔软
潮汐一般冲刷起心事
那是妈妈，一个走不出的襁褓
在远处，也一直在心上

冬天的村口没有积雪
是因为妈妈温暖地站立
一颗心的火热
足以烘托一个村庄的温度
让土地复苏，柳树发芽

那条不深不长的河流
载着渔人们乐呵呵的梦想
结网于节庆的鞭炮
猎人们弯腰侧目
击发出一个季节的理想
一个影子或者一个记忆
牢牢地系在村口
果实一样的结在心胸
让生命之树常青

冬天的雪花是生命的舞蹈
那些六角的模样清澈如初
母亲一般年轻而秀丽
或飘然于地，或飞舞于天
在融化或凝结的选择里
都以无私的滋养
抚慰生灵，让一些树
茁壮成伟岸或者雄浑
而她，或者她们
依然如故，以一个母亲的情怀
在村口挺立，送儿远行
也等待归来，在村口瞭望

2022 年 12 月 3 日午时写于广州南沙南北台

下雪了

一张图片，以默默的静谧
默默地提示，一场如期的瑞丽
在清晨的清明里，以洁白的方式
为一颗心，在朝思暮想的等待中
捎来一个消息，一个属于春天的脚步
在眼前踩踏，温暖成一行行印记
在故乡的垭口，深情以待

下雪了，像一张雪白的信笺
在遥远的北国，或者家乡的深处
用一种气息，以呼呼的方式
摇响情思，在漫天的席卷里
升腾出眼角的湿润，一些往事
在雪落时被揭发，让一些痂结
再一次疼痛，爬上村头的树梢
只想静静地等待，一个影子
或者，只想聆听一个陌生的呼唤
能够把乳名叫得最好的，妈妈

没有人可以拒绝，一场雪的到来
就像没有人可以代替，妈妈的召唤
一棵树，在枝繁叶茂的根系里
永远不会孤零，那些与生俱来的基因
就像健壮的根系，历久弥坚
在城市的荒原，清新而茁壮
就像一场雪的飘落，在归根的路上
总以昂扬的姿态，笃行

2023 年 12 月 11 日上午写于广州南沙

清晨，我在雪中记录

一场久违的约会，在等待中
如期而至，一袭圣洁的素雅
从九天的瑶池，娉娉婷婷
捎来季节的丰厚，琼花一般
曼妙轻扬，在时光的深处
用六角的造型，刷新一个季节
也用洁净的声音，敲响一个黎明

一个清晨的锦绣，在曼舞里
用洁白堆积起梦境，哈达飘展
将一声声祝福，别进轻盈
彩蝶一般，捧举芳华和慧心
以银装素裹的别致，在凛冬
报道春的消息，如上天的使节
用温暖和爱意，抛洒祥瑞

一行纯粹的文字，在雪野上
翩然起舞，用飘落的方式
在纸上跳跃，也在心中澎湃

我庆幸，这样一场纯净的邂逅
在这个纯净的清晨，纯净地相遇
这些雪白的文字，和一样雪白的大地
在雪白的诗行里，以雪白的方式
在雪白的思想里，树立雪白

2023 年 12 月 17 日下午写于贵州都匀香格里拉

凛冬，期待一场雪白

读不懂春天，花语的动机
就像，看不惯争宠的笑意
绽放的喧嚣，难掩粪肥的腥臭
春天里没有使者，只有舞台
精心的设计，或者丢弃的睡衣
从不屑阳光明媚，莺歌燕语
更不齿，一些叫春的猫腻
我只想一地雪白，还原生天
在凝望中净化，明窗净几

耐不住夏日，毒辣的太阳
在蒸煮中挣扎，在烧烤中煎熬
精神和肉体，连同高举的理想
在酷热的炙烤中，一并涂炭
一起被烧焦的，除了生命的麦田
还有远方的风，和风中的诗行
我只要一席雪白，纯净视野
在仰望中洁然，清高逍遥

受不了秋伤，那些沉积的负累
以秋收的名义，高举起一道道金黄
在丰硕的掩蔽里，功败垂成
一些秋事，在暴风和雷雨间昂扬
一些悲秋的画扇，在牛魔王的手中
助纣为虐，为这多事的季节
再祭一首挽歌，或者悲凉的序章
我只为一苇雪白，完美度化
在守望中自洁，遗世独立

那就在凛冬吧，在一唱雄鸡的白昼
以纯净的名义，还大地一片雪白
春风十里，满眼都百花锦绣
秋高气爽，到处是莺歌燕舞
万物生长，不再有恶意的争锋
世事祥和，回归初开的宁静
我只盼一场雪白，遮天蔽日
在祈望中纯粹，天地合一

2023 年 12 月 17 日下午写于贵州都匀香格里拉

入夜，聆听一场雪

像缓缓流动的水书
在席卷中，让思想树立
风绕过屋檐，用炊烟的优势
将一朵云，烘到九天之上
任泛黄的童年，打捞遥远
鹅毛般，以抚慰婴儿的轻巧
让大地银装素裹，朵朵呢喃
摇响缱绻的童年，一些记忆
在羽化中站立，顺沿梦境
让泪水，打湿午夜的诗行

如天空飘散的落叶
在无奈中，让翻飞成型
沉积的心事，在瞬间蜕变
以雪的姿势，在大地淋漓
凭着白色的记忆，用六角拼接
在世外，筑起一座座城堡
童话般的熙攘，在飘飞中
将细节融入片段，在眉宇间

打结一个故事，或者念想

轻捻时光，让柔软的旋律
和着温暖的飘落，以心之所向
奏响冬天的圆舞曲，季节深处
终有一曲嘹亮，可以宽慰
岁月的苦寒，和挣扎的孤寂
或许，这些毫不经意的舞动
还有，这些漫不经心的声响
恰在此时，曼妙成韵

2023 年 12 月 18 日子时写于贵州都匀香格里拉

雪人，或者冬季的悲伤

月光下，我以雕塑者的名义
在雪白的沃野，用晶莹的肌理
铸就一个你，也铸就一个我
在如此寒凉的世界，绝地求生
所有烧结的思想，或者骨骼
都以凛冬之名，向爱情宣誓

红尘中，你我都是俗世的烟火
金黄色的诱惑，等待刹割的疼痛
在摇晃的麦田里，用牵手的姿势
走向雪舞，走向季节的深处
没有哪一骑红尘，能够覆盖
向往的眼睛，还有阳光的味道

雪野上，我们以爱之情操
在这宽阔的洁白里，塑造
一个阳光的你，一个雪藏的我
在光彩照人的凛冬，倾尽所爱

用一条围巾，温暖一个你
也冻结一个我，在阳光到达前
用匍匐的力量，藏起伤悲

2023 年 12 月 20 日晨写于贵州都匀香格里拉

雪，是另外一场哭诉

今夜，我用雪白的方式
或者纯良的语言，哭诉
一个季节的凛冽，或者荒芜
进退失据的村庄，烟火萎靡
几近疯狂的城市，废墟崛起
酒绿灯红的街道，欲望充斥
诗人躲进旮旯，在绝望中
弥留远方，用最后一点气力
诉说，一场严寒的方式

今夜，我要以席卷的风暴
或者嘶喊的愤怒，坚定覆盖
这个肮脏的世界，所有的不堪
在没有底线的追逐里，欲盖弥彰
崩塌的生命陷于人性的设计
灵魂在扭曲中高举，殿堂之上
礼崩乐裂，谄媚以谄媚的伎俩
逍遥成性，在举手投足间硬化
一些龌龊的力量，堆积成山

诗人软弱，只引一腔缚鸡之念
等待一场雪，一场雪白的到来

今夜，我将怀抱一种力量
用信念为旗，以挺举的姿势
等待一场雪，一场圣洁的飘落
如壮士归来，在横扫中涤荡
让丑陋，成为丑陋的过去
让不堪，记住不堪的当下
让远方的雁阵，齐整排空
让心中的远方，诗意锦绣
让漫天的雪舞，载着吉庆
在欢声里，迎接明媚

2023 年 12 月 21 日下午写于贵州都匀香格里拉

月夜，期待一场雪的到来

燥热的南方没有风
憋屈在腥臊的腋窝里
地平线迅即迷离
失重的世界不可救药
贪婪在欲望之海花儿朵朵
高举出灵魂的龌龊
山丘萎靡，丛生着杂草的暧昧
空气潮湿，如一个季节的挽歌
垂死在寒冬将至的暗夜

我知道，我在期待一场雪的到来
那洁白柔美的飘落
明媚出一个史诗般的月夜
那款款地走近
是久违的心灯
横亘在银河的启明
你深信，我是深爱着你的
那些有棱有角的纯粹
鹅毛般盛开在我的心中

你以自己的洁净
抻平大地垂败的褶皱
颓废隐去，让荒唐消失殆尽
雪以雪白的方式
涤荡世俗的龌龊
风以风吹的自由
聆听天庭的声音

今夜，我的世界银装素裹
天空是银链一样的流淌
大地是纯白一致的娇俏
所有的树都绽开一色的雪白
笑脸一般地站在树梢
此刻，我的心也是雪白的
在这纯美无瑕的世界里
我想用这亘古的纯粹
以婴儿般的纯净，接受洗礼
也接受鞭笞，让铅华洗尽
以对等的洁白
迎接这一刻纯粹
迎接你洁白的到来

2022 年 12 月 4 日凌晨写于广州南沙南北台

心 动

写给生命的褶皱

清晨，趁太阳还没有升起
我在一抔尿里照见了世界
那是一片发皱的尿布上
凌乱地扭曲着一些发皱的文字
在散发着别样异味的诗行里
我看到一些发皱的生命
用一样扭曲的姿势藏进褶皱
拼凑着所谓的生命和远方

或许，我们都藏在褶皱里
或者说我们都习惯于隐藏
为着明天升起的太阳
也为着心跳可怜地延续
我们卑微地匍下身子
在褶皱里企盼太阳
也在光芒照亮的大地上构筑褶皱
横亘在前的河流和山峦
还有高高耸起的高楼大厦
都以远方的诗情亮立起褶皱

让生命苟且在时间的风里

或许，我们离不开褶皱
就像离不开所谓的诗和远方
在布满褶皱的生命里
那些迷茫、无助，还有濒死的节奏
都源于那些壮丽的思想
源于那些图腾的诗和远方
在生命的褶皱里
我们被黑暗所吞噬
也被阴谋所构陷
那些尿在我们眼里的诗行
还有那块无法抻平的尿布
也以褶皱的形式烘托出远方
或许，这些生命中的褶皱
就是一个个驿站和街亭
势必随行于时间的河流

2022 年 11 月 17 日晨写于广州南沙九王庙

子夜临风

子夜的风干得可怕
树枝的断裂声干脆而单纯
如雪之寂静，纯白的笼罩
眼角里挤不出的水分
或者交付与风
或者逍遥成雪
在一个又一个的消息里
证实一个故事的发生或者存在

子夜的风冷得瘆人
在没有表情的吹拂里
生命如断线的风筝
无奈地离开土地
也无辜地举上天空
遁入黑暗的尽头
那些所谓主宰天命的上帝
以弥天的谎言迷惑上天
在一些快乐的编织里
谋划着撒旦式的自慰

那些妄想入门的客人
以虔诚的姿态结队成形
冻僵在计划之中的雪野

子夜的风亦有生命
那些雪野中遥远的淅沥
还有土地深处愤怒的呐喊
都将以风的形式重新集结
那些手捧着鲜花的主人
旗帜一般迎风挺立
以倒叙的方式
叙说一个生命的开始

2022 年 11 月 25 日晨写于广州南沙九王庙

被之遐想

从被出生的那刻起
我们开始被不断地遗弃
从无奈地离开哺乳
到无助地被丢弃在地
每一次被无辜地放逐
都在心头打起一个个褶皱
年轮一般地被拉扯成人
在人类的记忆里
在生命基本的尊严里
我是那么的渴望自由
渴望像白云一样飘飞
渴望像鸟儿一样飞翔
哪怕像一棵小草
我都接受这自然的恩赐

当生命被接受
我们将不断地接受成长
接受唐老鸭米老鼠还有奥特曼
也接受善意的辱骂和荒唐的好意

然后，成为学生、父亲或者母亲
还有饲养员、神父或者教授
在被动成长的城堡里
我们没有选择的权利
像机器人或者某一道程序
被设计成各种玩偶或者命令
供后人消遣或者娱乐

即使死亡
也没有选择的自由
无论时间地点还是方式
都必须有礼有节地计划
即便是推入烧烤炉的刹那
你还要被粉饰、改造或者定型
按照你该死的模样
让人们再开心地来一次欢聚

其实，我多想有一点想法
有一点腾空的自由
我想象可以长出一双翅膀
在没有方向的飞舞里迷失
我也想成为旷野里的一棵小草
最好没有名字也不惹眼
就这么静静地与世界对视

可惜，我什么都不能行
在被动的世界里
接受是唯一的自由
可是，我还是有些理想
有些挥之不去的记忆
比如那些丰硕的乳房
鲜甜的奶汁，还有瑰丽的欲望

其实，我很讨厌"被"
这是一个令人作呕的字词
在被出生入死的方阵里
没有一片自由的天空
至此，我以人类之名发出倡议
被，应当被人类、被历史所遗弃

2022年11月28日上午写于广州南沙九王庙

清晨，我把一只鸟儿放飞

清晨醒来，光自心上升起
也从我的手里射出
我用积蓄了三年的力气
将一个笼子打开
在鸟儿出离飞向天空的刹那
一行老泪，从半个世纪的光阴里
洒落在冬日的暖阳
也抛向浩渺的宇宙
在自由的飞翔里
我看到那只愤怒的鸟儿
扑闪着双翅，仓皇而去
不断回望的眼神里
读不出人类的情感
是感激，还是声讨
毕竟这三年的守望
我们有太多对视的依据
从无心到有意
也从关切到纠结
从怨恨的呢喃里

从无奈的眼神中
从无力的挣脱间
我们有过太多和零的博弈
当初的囚禁是一种偶然
为一些爱意的表达
我们筑起院墙
垒砌钢制的房子
定期投送食物和水
在可知的情境里
我没有得到感念的回报
甚至都没有屈服的表示
可在一次次的挣脱里
我看到了你的愤怒
那是一种由心的力量
始终撩拨着我的生命
虽然我没有翅膀
但在幸福遨游的天际
也想多出一个手势的挥动
让天空的色彩里多一些斑斓
也在自由的表达里
增添一些人性的放逐
或许，随着这只鸟儿的腾脱
我们终将放下仇恨
在宽松柔软的土地上

以自己钟情的曲式
慢度日常

2022 年 12 月 1 日凌晨写于广州南沙南北台

一些羊，关于风车与骑士

水草油绿，天空无染
生命以竞天的方向
穿越在黄河故道
没有楚河汉界的牵绊
也没有牧羊犬的追逐
循着心跳的方向，出发
麦田喷香，焊接一个个甲骨文字
优雅的蹄音叩响盛唐的鼙鼓
逶迤起伏着秦岭淮河的水师
正是这一列列浩瀚的羊群
如雄狮，如巨弩，如闪电
持风漫卷，在长城深处的每一处烽火
燃烧出太多的屈辱与伤痛
斑驳在城墙深处的朵朵苔藓
玫瑰一般地黑死在自己的心脏

从不垂涎城堡的堂皇
也不奢望耶稣的神之圣门
食草者憧憬的，是油绿的草地

流动的小溪,还有爽朗的天空
即使深陷无谷之地
也从来没有畏惧和绝望的阵性
风的驱使,牧羊犬摇身成为骑士
凭借风车的魔力,颐指气使
一个羊圈的成就
只能光辉骑士的梦想
或者成就堂吉诃德的游戏
所有的屈辱,怨恨和反抗
都会在温顺中集结
这如此沉默的顺遂
还有几近无声的喘息
都悄无声息地渗入泥土
那些委屈的泪水,夜半的嘶叫
还有无端的自残,相互的攻击
都在以式微的方式
表达一个生命的方向
要么站列成阵
要么鲜艳如帜
终将以羊之道
与风车和骑士,同行

2022 年 12 月 17 日晚写于广州番禺东湖州

我在我的世界之外

壬寅虎年，没有虎虎生风的景致
也没有旌旗猎猎的威仪
往来的文字和交流的声音
表达出时间的无奈，风雪
伴着葬礼的钟声，与魑魅共舞
凛冬把时间冻裂，让灵魂流浪
死亡以崇高的祭拜
诠释生命的价值

日头晦暗，时间是一个僵硬的老者
衰败的额头返照出垂死的光芒
村落荒芜，麦田被蝗虫啃噬
季节举起时光，在末日到来前誓师
我在一个声音里听到了死亡
对，那是生者濒死的绝唱
红尘中有鼙鼓击碎庙宇
一双双靴子在风火轮上跌落
我知道，一个仪式即将上演
在所有追悼者的杂沓的脚步中

我竭力找到自己的脚步
让麻木尽可能由心而生

世界之外，我只是一个抬棺者
所有的仪式都只是仪式
所有的死亡都只是死亡
所有的声音都只是声音
我在世界之外，听不见自己的心跳
甚至不能感受微弱的呼吸
在充满诡谲的寂静里
我将以一只眼睛的方式存在
或者，保留一扇耳朵的听力
至于生命，大可浮成一粒尘埃
混迹于风，或者卷进一场风暴
要么悄无声息地离开
要么悲壮凌厉地死去

我终于发现，世界与我无关
世界之外，我只是一个旁观者
在无关者的眼里，流露
一些无关的落幕或者孤寂

2022 年 12 月 29 日夜写于广州南沙九王庙

并非纪念的记念

彤红的理想，伴着脚步的踉跄
已然失色。那些普照的光芒
昙花一般消失在暗夜
以纪念的形式完成一次祭奠
所有亲情的离散和突发的变故
都是心底无法清除的暗礁
搁浅在生命的深处
一直苦涩着记忆的念想
季风一般从脊背发凉
抽搐成一个时代的暗记

跨年之夜很冷，冷到听不见孤寂
所有的欢乐已经打烊
唯有心跳伴着时间的指针
以顺风的模样纪念这个节点
也以逆风的坚定记念一个时刻
往事不堪，每每在回首间深忆
也在落寞中訇然
那些美丽的谎言，无情的告慰

还有无奈的祷告，痛苦的呻吟
火把一般挺举起时代的印记
镌刻在历史鲜明的走廊
橱窗里没有展览可以纪念
只有记念的橱窗，穿梭时空
背书在人类弯曲的脊梁

历史善于归纳，也在归纳处打结
那些打结的记忆十指相扣
以锁链的形式串联起生命
绳索一般捆住记忆的河流
一些丰碑或者丰碑式的纪念
如潮汐奔涌，让历史湿润
也让明天惊厥，彩虹般坠落
在历史的尽头，了然无味
生命中所有的耿耿于心
或者为了纪念的记念
都是历史的惊鸿，稍纵即逝
留在历史或者我们心中的
除了一些温暖的记忆
没有什么值得纪念的记念

2023 年 1 月 1 日上午写于广州南沙南北台

生命是一场阅读

从吮吸母亲的怀抱开始
在有意无意之间，开始阅读
那些自觉与不自觉的生活和情绪
天定的牵连，不可避免
躺在时间的河里，随波逐流
以向上、向下、向左、向右的方向
展开自己的生命，相谈甚欢
那些无常的风和肆虐的雨
都以涂抹的方式粉饰太平
纯净是一种向往，在阅读中深陷
沉浸在时光的烟岚
一些在阅读中期待的闪亮
或长或短地掠过，时有所闻
有蓝天的深邃，也有葱茏的草地
有麦田的闪耀，也有荒芜的渡口
日月在眉目间剪裁，回映对照
诗篇在检索中酣然，悄然滋长
斜倚窗前，是月光亮丽了书页
还是文字湿润了眼眸，让露珠晶莹

漫步云端，看人间烟火流盼
芸芸众生只不过昙花一现
月下弄影，以诗韵之年华
丰盈出万马奔腾的画卷
在山水深处，很想阅读一些思想
也在思想中认知，阅读生命的深处
仁者爱山，便以山为故事
阅读山的雄浑与伟岸
智者喜水，当以水为情怀
浏览一些婉转的流经
或许，那些寄情于风的云朵
都是阅读遗忘在人间的片段
阅读，我只想在夜深人静处
剪一缕月光，任心眉舒展
斟一壶老酒，能对月当歌
或者干脆蘸取一把梅花
把心浇成火红，像太阳一样
嘹亮自己，也温暖大地
阅读，也想在风起时
把沸腾的思绪藏进岩石
在如影随形的寂寞中
在生命行走的转角处
在寒冷荒芜的雪野里
安静地与你对望

阅读，更想在深刻的守望里
托起春江月夜的黎明
以一泓清水的静候
任绵绵心语飘落
在满是落英的小路
以诗人的情愫和言语
让生命多一些想象
哪怕是梦呓或者独白

2023 年 1 月 25 日晚写于广州南沙南北台

十字架的拷问

一横一竖，如刀割解裂
顿挫一般咀嚼着不死的灵魂
一扬一抑，如天道轮回
碾轧的都是无辜，或者无助的生命
一前一后，如时光倒流
悬挂出世间人性的疯狂
古罗马帝国的教堂上
一面原本象征着爱与救赎的旗帜
以神圣之名将神圣绳之以法
车裂成人们今天的记忆

历史再厚的风尘也无法迷漫心灵的眼睛
除开岁月的误解与蒙蔽
我们可以清晰地看见五世纪的罗马
在神圣不可侵犯的教堂的穹顶
十字屹立，闪耀着出爱与救赎的光辉
那是人性的花朵
亦是滋养人性的雨露
在擦亮历史的同时，擦亮人性

在古巴比伦的记忆中
作为太阳的化身和神的符号
无论被印制还是被陶铸
都撰刻在人类图腾的徽章
直至成为朝拜的象征
作为生命之树,在神与人之间
你张开的不仅仅是慈爱的怀抱
还有人性纯良的拥有与契合
时光不老,岁月永新
那些凝结着人性光辉的爱与自由
正如太阳,永远启明在人类的春天

2023 年 1 月 28 日下午写于广州番禺东湖州

生命断想

一场突如其来的噩耗
如一道通天的魔咒
瞬间把世界撕裂
一个蓄谋已久的计划
肆意地让生命暂停
原本盎然的大地
脚步开始放轻
心跳突然放慢
思想的秩序被无情地颠覆
湮没在时空的边缘

时间从来没有像今天这样漫长
孤独也从来没有像此时这样无助
无数个生灵被残忍地隔离
连愤怒的呼救都没有声息
一个个无奈的躯体
就这样浸泡在时间的河里

在天灾面前

生命本身就是一株草芥
极尽其能地苟活
也毫无尊严地存在
如荒野深处的一簇杂草
要么冻死于苍茫
要么新绿于春日
就这么年复一年地拼争
一些无聊,或者一点意义

我有时会想
生命既然是时间的河流
就应该让她涓涓地流淌
或欢天的歌唱
或喜地的起舞
我有时会想
生命既然是时间的花朵
就应该让她尽情地绽放
或耀眼的灿烂
或幽静的安然
我有时会想
生命既然是人类的乐章
就应该自由地生长
或快乐的生活
或安瑞的死亡

2020 年 2 月 22 日上午十点半写于定兴五柳庄

面纱

一米之外的阳光
距离很近，是面纱隐去了明亮
一个明媚如雪的女子
因为光的拦截，误会了完美
在时空的隔阂里渐次低温
把原本燃烧的情愫，冷却成
冰川世纪遗落的影子
是近在咫尺的功利
遥远也陌生了人类的初始
让光在暗处闪亮
也在暗处消弭

其实，那个午夜的面纱
来自一个宏大的演出
还有一个硕大无比的舞台
歌者和舞者戴着面具
还有拥作一团的鼓手和琴师
在一个舞着筷子的指挥下
交响出一个季节的奏鸣

风挺举着面纱,帷幕般华丽起岁月
云激荡起面纱,花朵般弥漫天空
我们也一起,将灵魂融化
在一个虚无缥缈的世界

风暴来临之际,黄昏和面纱一起扯裂
有一双眼睛黑亮而犀利
从群山环绕的谷地
从金黄色的麦田
从所有被面纱遮盖的心里
穿过围墙穿过锁链
也穿过我们心灵的栅栏
以滚雷的声势
撕开所有的白昼和黑夜
响亮地托出一个黎明

或许,之于人类的行走
再美的丝线和精巧的编织
都止于奢靡或者妄想
或许,我们谁都不能左右
我们因何而生又缘何而死
那些心中的缺口
是刺骨的风还是温暖的爱
或许,那些历经的龌龊和糗事

就像锯齿一样，凌厉如剑
始终都在收割我们的生命

2023年3月9日下午写于广州南沙

疑问

在有意无意阅读中
时光被掀翻出一道道皱褶
那些闪烁的疑问无解
凝固在冻僵的血液
曲张的静脉蹂躏出思想
石化成一个个界碑
昂扬地竖立

所有拉长的问号
在原野中失去重心
风以吹奏的方式独舞
在远离人类的轨道
涂抹灿烂的霓虹
午夜悬挂出的太阳
如暴力影片的屠刀
让观众自惭形秽

没有书桌的写作里
我以铅笔为刀

刺进灵魂的学堂
知非恰在流年
残余的声音充满不解
试问远在天庭的宙斯
我该以怎样的方式
破译雅典娜神庙的脚印

2023 年 3 月 10 日午夜写于广州南沙南北台

铧

风以岁月为犁
在破解和割裂中释放
土地裸露，以绽放的姿势
埋下春天的爱意
花以丰收的愿望
在我的眼中，还有心里
铧出一片片金黄
摇晃的麦田里
摇晃出父辈千秋的渴望

梦以思念为绳
在连接和纠缠中束手
爱情如矢，以穿越的速度
铧开深沉的夜幕
以坚不可摧的优势
从眼里和心中，鱼贯而入
那些竞放在山野的花朵
如笑脸一般饱和
盛开在耕读传家的词话

时间如芒，犁开的不仅仅是岁月
还有耕耘者的希望和落寞
对土地的梦想，如爱的追求
在历久弥坚的时光中越发坚挺
如高昂的犁头，执着而锋利
在心头畅享的快乐和图腾
都深耘在土地的骨骼
在心中铧开的，除了光
还有那些有光的麦田

2023 年 3 月 19 日晨写于广州南沙南北台

畅享

清晨的光与布谷鸟清脆的叫声一起
在黎明破晓之际整齐的到来
光芒穿透玻璃，就像鸟儿穿透眼眸
在清澈的春天交付一个清静的黎明

我想这光是自由的，与鸟儿一样
他们在普照中飞翔，也在飞翔中发光
我想还有一些鱼儿，在水中嬉戏的模样
那些无须翅膀的飞翔，大抵是因着没有束缚的捆绑
或许，那些山间的小草
若没有岩石的纠缠和人类的踩踏
一样都会以破土的力量
绽放竟天的光芒

在这样一个写满春意的早晨
我的想象没有边际，如海底的鱼儿
在没有翅膀的遨游里，随心驾临
在高耸着烟酒霓虹的闹市
在炉火滚烫的山间和林野

在壁立千仞的庙堂之上
在光影幻化的城堡中央
在没有牵挂的人世间
忘记悲伤，就像忘记幸福一样
把横亘在心的愿望，或者梦想
连同手铐和脚镣，一并解决
埋葬在人类的化尸池，燃烧殆尽
或许，那些自由的碎片和飘移的尘埃
就是我们最好的抵达

2023 年 3 月 20 日早晨写于广州南沙南北台

侘寂

梦中，总有一座渴望的房子
绝非面朝大海，也不必春暖花开
或许只要在山中，抑或在湖边
拼一个灰瓦土墙的壁垒
可以挡风，也可以漏雨
静时，一个人独对明月
以酒当歌，邀月成仙
闲时，亦可三五成宴
砍柴燃火，推杯换盏
在山水中老去
也在烟火里逍遥

如果我有幸成为一块石头
绝不成为珠宝耀人眼目
也不能当成装饰诱人愉悦
要就做一块顽石，不怕丑陋
以坚不可摧的勇气成就一道风景
在世人不屑一顾的眼里，自在成长
我要以斑驳的苔藓和不规则的裂痕

诠释真实的生命,以沉默的形式
在无言的表达里,表达沉默
亦表达沉默的真实,或者真实的可畏
包括生命中所有的美好和自由

如果我不幸成为一粒尘埃
我愿意轻如鸿毛,随风
在飘动的快慰中寻找诗和远方
或许,一粒尘埃的世界里
就不该有什么理想和图腾
但我们有飞翔的崇高
也可以有随风的自由
我可以在春天沾惹百花
也可以在夏日沐浴雷雨
我可以在秋高时清爽起舞
也可以在寒枯处独守净地
我相信,那些奢华的殿堂
华丽的霓裳,或者冰清的肌肤
都有我清晰的痕迹,还有我温暖的站立

房屋也好,城堡也罢
石头也可,尘埃一样
我只是想在风中侘寂
也想在侘寂中成风

2023 年 4 月 19 日下午写于广州南沙

节日，与我无关

糜烂的鱼肉，还有苍白的祝福
在没有爆竹鸣响的岁月里
猥琐成一株株枯败的庄稼
象征性地鼓舞着人类，苟延
在一片片虚假的欢腾和喜庆中
以卖弄的风姿招摇于市井
陷落在俗不可耐的深处

与我有关的节日，事关童年
对春节的盼望，或者等待
都凝在一身新衣或者一双棉鞋
还有一顿香喷喷的饺子
在五更起夜的爆竹中沉浸
这些深入骨髓的记忆
随着年复一年的积累
坚硬无比，如岩石般屹立
在倔强的脑海，巍然成势

一些无关的节日，无关痛痒
圣诞节包括与圣诞相关的物件
还有圣诞老人的祝福，在无知的神话里
被商人恶意地举起，也被愚昧无意地践踏
愚人者以愚弄同类为高明
高明者亦在愚人中自愚
令人费解的丑陋，永恒于世
不能原谅的无知，但行无畏
想象在某一个节日
我们将以怎样的方式欢愉
又将以怎样的姿势死去

2023年4月30日午时写于长沙南高铁站

生辰，梦见妈妈

清晰地记得那双半睁的眼睛
在弥留之际，以沉默的方式
向我告别，或许那双半睁的眼睛
一直在暗示，一些不确定的猜测
我清楚地记得，你含混的记忆
我的生辰，是一个刚刚放亮的早晨
没有钟表的刻度，只有妈妈的阵痛
在这个确定的答案里，我恍入梦境
在一片祝福和庆贺的喧嚣中
我被一个唤作大姨的人引领
在西南某隅的半山之上
我突然看见躺在病榻的妈妈
眼圈黢黑，无力也无助地与我对视
我大声地叫喊，以咆哮的振奋
将自己在梦中叫醒，这个时刻
准确无误，就是妈妈告诉我的生辰
在这样一个暮春的早晨
一个含混也清晰的记忆里
我有些怅然，到底是该为自己庆幸
还是该更好地想念妈妈

2023 年 5 月 2 日午时写于广州南沙

从磨，或者驴说起

一头驴，与一盘磨
耳鬓厮磨，让一个滚圆的理想
周而复始，绝世出一道永恒
磨盘旋转着岁月，也旋转着驴的步伐
进京赶考的路上，未见蹄痕
唯有裹足的踩踏，在泥淖里陷落

或许，一盘磨的理想
更喜欢驴的脊背，让陀螺的翅膀
长出驴子的倔强，阿胶一般
璀璨出春天的朝露，让盘旋的高冷
走出谷地，成为某个事件的界碑
驴的情操，执迷于黑色的窗口
墨布缠绕的眼里，风景是胴体的瑰丽
目标宏远，无法撼动充盈的欲望
任由文明的错落，跌倒在时间的怀里

也许，深埋在怀里的任性
永远都高昂着孤傲的头颅
旋转，在归零的瞬间扬起尘土

飞舞的梦里，享受蹄飞的快乐
系在磨盘的圆心，神曲一般
和着历史的回音，把徒劳的功德
盘旋成飓风，交织在聊斋的志异
一些细节，沉积在黎明
让牙慧，成为挑剔的对象

2023 年 9 月 5 日晚写于广州番禺桥南

二十五度畅想

挽着春天的衣袖
我想在盎然的风里
染一片新绿，让身心
徜徉在百花深处
用早晨醒来的第一声呢喃
告诉你，幸福的时光
就在二十五度的光阴里

怀着夏日的热烈
我想在林荫的路上
找一处芳草，让期待
醉卧在幽静的山谷
用夜半启明的第一缕光辉
照耀你，温暖的灵魂
就在二十五度的梦境里

擎着金秋的丰硕
我想在沉甸甸的麦田下
筑一个城堡，让希望

点燃每一颗饱满的麦穗
用秋日清明的第一弯明月
陪伴你,高远的志向
就在二十五度的求索里

抚着严冬的寒袭
我想在白茫茫的雪野中
堆一个雕像,让追求
砌成纯洁的雪白
用守夜人笃定的第一铲堆积
成就你,安然的等待
就在二十五度的向往里

时光清浅,摇晃的初心
在儿时的草地,四仰八叉
那些天边的湛蓝,明眸皓齿
依旧清晰,挂在时间的树梢
今夜,就在二十五度的时空
让温暖的阳光,皎洁的明月
清爽的季风,和温柔的雨滴
一起融进,像漫天的花瓣
飘落,在我清明的等候

2023 年 9 月 12 日凌晨写于贵州都匀香格里拉

自由的高度

在天上,自由是很低的念想
一些无意的生存,向往自然
没有高度的欲望,一如尘埃
飘浮,在不确定的时空里
有意的苟活,是一种奢侈
在有限的生命里,像杂草
被蹂躏,在捉襟见肘的方寸

在地上,自由是一棵大树
那参天的伟岸,玉树临风
雕像一般,成为人类的图腾
旷野里没有禁忌,只要有翅膀
就可以飞翔,在高山之巅
也可以穿越,云蒸霞蔚的蓝天
城堡中只有殿堂,让理想破灭
裹足的舞蹈,规矩出方圆
在没有人性的盛筵上,吞噬
自由,如被禁锢的囚鸟

在心中，自由是生命的全部
毕生的追求，自在是唯一的风景
在朱庇特的颅骨上，站立着
弥涅尔瓦的战矛，让雅典神武
古希腊神话的普罗米修斯
在自由岛上，如盛开的天堂鸟
澎湃着普希金的诗行，流淌在笔尖
一条条钢鞭，抽打着高卢人高贵的罪恶
让法理在声讨中铸就利剑
也让自由在人心中开出神圣之花

小时候，自由可以飞得很高
高到可以摘下天上的星星
长大了，自由低得像一粒尘埃
低到没有藏身的去处
我们在天空下渴望
也在现实中等待
那颗亘古的初心
还有自由的黎明

2023 年 9 月 12 日上午写于贵州都匀香格里拉

遥望故乡

月亮升起，思念是一棵树
高高的，像房檐上够不到的烟火
每一次飘远，都是一次离别
让树梢挂满期待，也深刻记忆
背影，刻在妈妈的眼里
思念，就系在我心上

小时候，回家是放学的路
弯弯的，像村口数不完的柳条
每一次伸展，都是一次回望
在牧笛的吹奏里，无度摇晃
童年的梦，就是一片片栅栏
妈妈在守望中期待
我在期待中守望

长大了，故乡是一张车票
在白底黑字的方寸里，找寻
小院的炊烟，和妈妈的味道
后来，回程变成一张粉红车票

在柔软的向往里，桃花依旧
归乡的路，在一次次提速中
提升着思念，让车速与心跳
在比肩的欢快里，畅达

而今，我依然在南方
在南方的风里，遥望
在月上中天时远眺
在秋意正浓的北国，思量
故乡的风景，是否
还是旧时的模样
眼里，是不是一片秋色
心底，是不是一地金黄
是否如飘香的金桂
昂扬在你的枝头
也嘹亮在我的心上

2023 年 10 月 2 日上午写于广州南沙

我被时间记录

时间无情，庄严出寂寞的流淌
一些情绪或者愤怒，在举高的树上
渐次放大，直至跌进无奈的河流
怀抱的梧桐，在焦虑中被催眠
星辰站在天庭，以巨大的脚趾
俯视人类的熙攘，拥挤的街道
情欲在漆黑的旮旯里，消失

城市的森林，挂满肮脏的故事
弯曲的楼宇，弯曲出人性的贪婪
不能掀动的汽车喇叭，只能肃穆
时间在无耻中挣扎，面目狰狞
在一样漆黑的夜，放大黑暗的距离
不敢忧伤的眼，激荡出棋子的力量
我在恼怒的时光里，被记录

深夜的酒很苦，在孤寂中烧结
一些不着边际的思想，瞬间独立
梦想没有翅膀，就像午夜的食堂

在没有味觉的咀嚼里，吞咽
一些纯粹的妄想，或者档期
在光秃的世界，光秃时间的无辜
谎言无间，让妄语成金

灵魂无序，在有意中漂流
孤鸟中的寒林，无意迷失
一些闲置的话题，在一杯残羹中
高高举起，饕餮的盛宴
迷醉的季节如莽撞的河流
以独树的光辉，猎人一般
用举枪的姿势，击发

2023 年 10 月 4 日凌晨于广州南沙

仰望一座山

远远地，再一次回望
你的音容，在温暖的行走中
以脚步的坚定，铸就巍峨
起伏的山峦，起伏出您的微笑
像根一般，植入宽厚的土地
把高山仰止的思念，一并
融入送行的眼泪，在别离中
我用喊山者的粗粝，向您
致意！在清晨洁净的眼里

深深地，躬下沉重的脊梁
也把景仰，留在今天的风里
每一朵鲜花，都是一张泪眼
就像每一次凝望，在嘱托中
坚强地迈动，还有热切的期盼
沉默的花语，以重叠的力量
再筑一座高山，以丰碑的记忆
照亮时代，也照亮千秋

清清的，书下笔墨的相思
用一个百姓的情怀，朴素名义
在寂静的风里，寂静思绪
没有眼泪，也无须哭泣
无声的思念，才是庄重的呐喊
白纸黑字，将您写进诗行
写进晚风和秋月，写进历史
也写进悼别，写进无尽的期待
在时光清浅处，自在留白

2023 年 11 月 2 日凌晨写于上海静安

可惜不是你

穿过城市的车水
穿过拥挤的街道
也穿过熙攘的人流
我一直在奋力寻找
那个熟悉的身影，或者
那张笑脸，哪怕是一道声音
能够激活生命的意义
或者，存在的依据
可惜不是你
那抹残存的希冀

越过凌厉的山峰
越过湍急的河流
也越过苍茫的草地
我一直在坚持，寻求
那束香暖的阳光，或者
那缕微风，哪怕是一个消息
可以慰藉经年的渴望
或者，等候的价值

可惜不是你
那个深刻的意义

时空错落，在无序的路上
看万物寂灭，生长对立
一些颠倒的故事活灵活现
在传扬中，以盛事的浩大
搅动枯木磐石，让草木皆兵
无情托举起日月，风水倒流
麦田荒弃，找不到一竿芦苇
或者一根稻草，能够支撑
彼时卑微，佝偻着站立
可惜不是你
那份热切，还有期许

2023 年 11 月 3 日凌晨写于广州南沙南北台

难得糊涂

既然都是浮云
干脆就闭上眼睛
或者，索性装进被窝
在湿漉漉的梦境里
幻化一些春天
没有泥泞，没有炙烤
甚至不要秋天的果实
权且在温暖的方寸里
越冬，囫囵也随意地过活

既然不能辨别青红
也就不要在意什么皂白
或者，没有意识的自觉
才是今天最高级的自律
不要相信自己的眼睛
也不要相信自己的味觉
甚至，不要什么价值的判断
只在这苍翠的时光里
做一蝼蚁，彳亍游走

既然不能参透真伪
也就不再深究所谓真理
或者，没有意义的苛求
抛弃婴儿般的天真
在尔虞我诈的精致里
以躺平的姿势，微醺
成为一个无法叫醒的睡者
待世界清醒地睡去
我再糊涂着醒来

糊涂是一种向往
或者说，向往是一种糊涂
我情愿在向往的糊涂里
糊涂一生的向往
在是非缭乱的世界
用糊涂的遮掩
遮掩糊涂的人性
用糊涂的方式
糊涂人生

2023 年 11 月 11 日上午写于贵州都匀香格里拉

说笑

小时候的笑，是由心而发的脸
天真稚嫩，像林中的鸣唱
一颗糖果，或者一粒饼干
抑或老师漫不经心的赞许
在幼稚的童年里，散发
一泓清真，流动成泉水
以叮咚的清脆，晨曲一般
叫醒一个嘈杂的世界

长大以后，笑是沸腾的海洋
火红的青春，像燃烧的火把
以朝气蓬勃的姿势，爽朗俊达
一些青葱的幻想，在草原上奔腾
也在睡熟的夜晚，开心的笑醒
载着梦想，划响轻快的小舟
用笑声，撩开青春的黎明

人至中年，笑声离我们越来越远
少年的懵懂，还有青春的苦涩

在无常的现实里,肌肉抽搐
那些莫可名状的挤压
或者,言不由衷的堆积
都以笑的形式,印证无奈
在不惑的季节,以知非之智
刻意包裹,一些伪装的笑意
或者,经年的仪态

笑从心生,亦从刻意的表达
那些由心的绽放,或者附庸的风雅
包括阿谀的皎洁,奸诈的诡异
都在生命里,活生生地再现
面目全非的世界,以赤裸的方式
在人间,开出一朵朵奇葩

2023 年 11 月 13 日晚上写于贵州都匀香格里拉

谣言还是真相

以一个医者的根本
您默默无闻地行走
依医者仁心行医者之道
悬壶济世于百姓之间
但世事无常
您本该默默地行医治病
却不小心多了嘴
或许因为职业的操守
或许是品相的使然
您有点不识时务
居然说出了真相
殊不知真相说错了就是谣言
这是对您的训诫

我为您劳烦的是
您不该管的闲事儿
却让自己蹚了一次浑水
或许是因为涉世不深
或许是因为失心走神

您非要挺身而出
除了治病还要治心
就因为一个这样真相
不,其实就是一句真话
您把自己装成了一个造谣者

你原本是真相的揭露者
却被视为谣言成为训诫
您应该知道
当谣言传播了一百遍甚至更多
它就会像真相一般存在
然而可笑的是
您的谣言果真成了真相
而让我可惜的是
您这样一个不专业的造谣者
居然像明星一样成了网红
就在谣言成为真相之后
您却以一个年轻的生命
倒在了不该倒在的战场

今天凌晨
您的名字已经刷屏
悼念的文字如山如海
无论是微信还是微博

都已各种各样的形式为您送行
我为您送行
不是因为您勇敢
而是因为您的勇敢
唤醒了更多的勇敢
我终于看到了
那些人性的曙光
在随着东方的升起的旭日
温暖照亮着整个地球

写于 2020 年 2 月 7 日凌晨五时

平行世界

以时空为边界，在平行的宇宙
分化成一个或多个，用类似的元
在相对的轨道上，诞生或灭绝
森林中交响，和着星空下的寂静
在世界与世界中，以多元的方式
平行或者交错，由时光轮回

我在帕米尔高原的烽火台上
想往爱琴海的克里特群岛
你在尼罗河流经的塔尖
遥望幼发拉底河的星座
一些楔形或者象形的图章
在历史中沉积，以文明的样式
刻录在案，甲骨文的册页里
流淌的不仅仅炎黄的血
或者华夏的传说，一些故事
在泥制和石刻间，相映成趣

我的世界之外，另一个世界的我
是否在骑行的梦里，骑行梦想
亦在太空遨游，或者海中劈浪
让一个太阳折射，十个地球的能量
我在世界之外，用连理的手法
快乐地追求，也寂寞地守护
人类的隐私，在光明的舞台
讨一片回声，在世界平行

2023 年 12 月 21 日晨写于贵州都匀香格里拉

提线木偶

以驯服的姿态，在指定的挥舞里
绑定生命的意义，枷锁或篮筐
在提拉的图腾中竭尽谄媚
一些木制的线条，在导演手中
活化，尸横遍野的灿烂

像扭紧的螺钉，在限向的传动中
将灵魂，以忠良的名义
在循规蹈矩的魔方里
怀抱一个情节，让使命局促
预设的舞台上，皮影人生

自甘不齿的沦落，思想被奴役
傀儡一般，将身体插草为标
没有远方的诗行，字节跳动
得意，在依附的温暖中
舍生忘死，穷尽一抹亮色

听命于江湖，在人性的权柄上
没有选择的苦恼，一些意义
攥在篡夺者的眼里，曲高和寡
似曾高举过的理想，或曰追求
在生命的阵列里，阵列庸常

2023 年 10 月 6 日午时写于广州番禺桥南

日出看云

黎明的太阳很暖
从东海激荡的起伏里
云开日月，搅醒一湖山色
是一湾秋水的静谧
个性出人间的姿骜
漂移的世界里，因你
亮丽出一道风景
尤红殢色的每一个细节
物化天然，独立天庭

倘若仰望陷入世俗
或者不能在平视中定义
索性就直入苍穹
在至上的高处，坐看云起
飘零，在漫游中自乐
独处，在清高间自傲
低飞，融入百姓的烟火
高就，在遥远处疏离
风，以推手的冲动
将云，覆手为雨

我,或者我们
只是一缕不经意的风
或者一片莫可名状的云
在未知的未来里
无法未知未来的决定
就像无法丈量的心湖
难以确定的波心
在层层叠叠的涟漪里
究竟哪一泉碧水
或者,哪一次停靠
才是你真正的抵达

或许,或者我们
只是一只眼,或一抹眼神
在苍茫的岁月里浑然
也在万物的运化中开悟
那些确定的从容
或者遥不可及的念想
都寄托与风,在云中邂逅
那些旷达幽深的理想
还有通透直白的告慰
都在诗行里,以风的姿势
从云,在天空曼妙

2023 年 11 月 10 日上午写于贵州都匀香格里拉

无题

面具如灰的天空
脸色多变，一些目光
在时间的悬崖处，跌落
现实中无法找寻
一把尺子，可以测量
人心或者人性
在同样的厚度里
无法辨别，真伪的距离

空中飘飞的流云
如街角的车水
目光所及的每一刻真实
概如悬疑电影的推手
在所有预设的掩埋里
将一些轻薄的赤裸
幻化，在离奇的剧本
戏剧以戏弄的伎俩
在人间活化，一成不变

故事里的情节
成功在事故的结局
导演的力量，远超恶魔
在骇世的属性里
没有一个皮囊
甚至一个目光
可以装起，或者平视
一个平凡的灵魂

2023 年 11 月 13 日下午写于贵州都匀香格里拉

似是而非

清明的灯火，在日头的暗处
点亮一缕缕炊烟，希冀
用一颗星星的皎洁，唤醒
已经沉睡的村庄，还有人类
鸡犬升天的时候，麦田退却
水草与河流，还有宽大的树木
一起退却，在荒芜的河谷
倒映出一片片辉煌，行人朝后
用整齐的脚印，和满腔热忱
复读，一个鹦鹉的叫声

发黄的族谱，湮没在季节的深处
似是而非
山林风化，在岁月的记忆中
残破而枯寂，如战火毁坏的断垣
将祖先们埋入地下，囫囵吞枣
在夏日积雪的山岗，没有维度
甚至没有坐标，可以看见北斗

一些麋鹿，还有惊慌失措的羊群
在积满污垢的眼里，涉水而行

鲜艳的玫瑰，在茫然的雪野里
分外刺激，欲望如通红的篝火
让一生沉沦，为一个英雄的姿势
或者一片不明的色彩，进退失据
天边遥不可及，腐朽的理想
持续上演，重叠古老的剧情
高楼渐次远去，在茁壮中迷失
塔吊卑微，垂下沮丧的头颅
一本本明细的流水，记录经年
一把把精准的尺子，丈量分寸
在昂扬与苟活间，似是而非

2023年8月28日凌晨写于广州南沙南北台

红舞鞋

以一生猩红的执念
穿梭于庙堂之上
将所有的眼睛和颈项
用统一的步调，集结
在安徒生的童话里
卡伦的眼睛一样猩红
被砍断的双脚依旧疯狂
在从未停止的梦魇里
从未停止丧心的踩踏

挺举着忘我的奢靡
游走在尊贵的豪华里
以独树一帜的耀眼
亮丽出一个时代的不轨
在卡伦执念的舞蹈里
找不回少女起初的懵懂
就像停不下跳动的红舞鞋
停不下虚荣的向往和诱惑
魔咒一般蒙蔽，将初心

涂抹成鲜艳的猩红

或许,每一个少女的初心
都有一个光辉的梦想
让城堡盛满爱情和掌声
但教堂威仪,穹顶之下
都是上帝神秘的手臂
在无所不能的庙堂里
以救赎之名,挽留执念
辉煌的舞台上,辉煌
潮水般热烈的掌声
蛊惑出人类疯狂的贪欲
在无节制的旋转里
霜色凝重,卷起阵阵悲凉
恶魔导演的战争里
天使一直在微笑

2023 年 7 月 19 日凌晨写于贵州都匀香格里拉

孔雀开屏

用激情的翅膀一展亮丽
在凤凰于飞的神往里
以绽放的姿势羽翼开屏
所有兴高采烈的眼里
都把祥瑞铺展成祝福
在深刻的情操上
打开幸福的门窗

以字正腔圆的和鸣
在振翅中铿锵造势
每一根闪亮的羽毛
都以最抖擞的昂扬
展开生命的嘹亮
在所有美丽的宣誓里
一些声音被快乐举高
以飞翔的姿势，快慰

冀望每一次开屏的瞬间
就像亲历一场欢快的舞蹈

在尽情的燃烧和释放里
将人间秀色大快朵颐
用千万只孔雀的翅膀
展开吉祥,就像展开画卷
在娇娆明媚的土地上
用满怀的激情,绽放

2023 年 12 月 19 日晨写于贵州都匀香格里拉

行 吟

岭南澨湄，感受黄河之上

——瞻星海故居有感

站在岭南的深冬
站在禺山之南的澨湄之滨
站在民族音乐的脊梁
站在那个民族苦难的段落
纪念星海，纪念黄河，纪念英雄归来的合唱
或许，就是当年那个在渔船上降生的婴儿
或许，就是那一声声清脆的啼哭
已然孕育了黄河船夫的序曲
或许，那些散落在疍家口中的咸水歌吟
还有那些起伏的拉纤号子
在抑扬顿挫间和出的黄水谣
以黄河之怨和母亲之痛，惊涛拍岸
目睹炎黄儿女遭受的凌辱和苦难
你以战士的化身
站在滔滔的黄河之上
向同胞发出了保卫黄河的呼唤
用儿子对母亲的情怀
在暗夜敲响了黎明

冼星海，是一个民族的名字

也是一个音符，一曲乐章
永恒于中华民族文化的脊梁
一个个音符，一次次奏鸣
连通起亿万同胞的心跳
以排山倒海之势，汇聚
如黄河之水从天而降
以一个民族的愤怒
谱写出一个旷世的交响

伫立在英雄的故乡
我们仰望黄河
信步在星海大道
我们远眺壶口
徘徊在湓湄之滨
与滔滔的黄河之水吟咏歌唱
聆听英雄的乐章
一如徜徉在民族的胸膛
那发自内心的呼唤
如风在怒吼，如万马嘶鸣
以咆哮之势，集结于黄河之上
那些不甘屈辱的洪流，如巨浪袭卷
面对倭寇的铁蹄，挺身横扫
一个个用热血迸发的音符
和着黄河母亲愤怒的吼声
向入侵者和所有民族的敌人
射杀出一串串复仇的子弹

一队队，一列列，一排排
如旗帜，如号角，如雷鸣
汇聚成一个民族的交响
如滚滚奔腾的黄河巨浪
战士的热血沸腾在刀尖
亦闪亮在正义的音符之上

一首黄河的颂歌，亦是民族的绝唱
那一章章排山倒海的曲式
是压迫的怒吼，也是愤怒的咆哮
是屈辱的呐喊，亦是抗战的共鸣
是集结的号角，更是奔腾的力量
在流淌着不甘的搏击里
以一个赤子的情怀
永恒于一篇篇激情的乐章

踩着深冬的料峭
还有黄河的潮汐
我们记忆犹新
那些深刻的往事
不堪回首，亦鲜明于心
我们祈愿英雄归来
更愿英雄常在
如音乐交响，永续生命之魂

2023 年 1 月 17 日深夜写于广州南沙南北台

追寻星海，在有爱的方向

在黄河之滨，在湴湄之畔
在岭南宽阔的星海大道上
在延安鲁艺浑厚的记忆里
我们追寻，一个民族的魂魄
我们仰望，期待英雄归来
用人类的觉醒，让热血沸腾
满怀家国的情愫，唯有报效
在救亡的路上振臂疾呼
战士的战场岂止是刀枪
那一排排由心迸发的音符
那一组组排山倒海的旋律
那一章章饱蘸着激昂的合唱
都以子弹的速度和锐利
穿越出一个民族不屈的力量
那是黄河的怒吼
那是苍天的咆哮
那是华夏子孙的绝唱

风从秦岭吹过，以一个民族的愤怒

集结起所有的儿女子孙
马自黄河踏来，势如壶口滔天的巨浪
以摧枯拉朽之势，横扫魑魅魍魉
黄河的岸边，延安的窑洞
一颗永摧不灭的拳拳之心
一腔只身报国的滚滚热血
一行豪迈奔腾的炽热音符
以爱之名，交响成炎黄儿女的合唱

在有爱的风景里，我们追寻
追寻您的情操和气节
追寻您的精神和力量
追寻您的音乐和梦想
在茫茫的星河山海
在郁郁的林间草地
在滚滚的黄河故道
我们追寻您的影迹
也追寻您的光芒
我们在追寻里寻找
也在寻找里追寻
那个民族的赤子
那个昂扬的魂魄
还有那个时代的记忆
我们在记忆中寻找

寻找那个精神的支点
寻找那个灵魂的坐标
还有那个不朽的旋律
无论家国的深情还是音乐的张扬
都在丰碑式的记忆中
凝聚成一个民族的交响
您都属于祖国和人民
也都属于黄河母亲
属于华夏儿女的脊梁

2023 年 1 月 19 日午后写于广州南沙时代南湾

等待黎明

我已经习惯
在黎明到来之前
与沉睡的夜色对峙
让影子变成风的信使
捎给太阳，等待东方破晓
鱼儿袒露出亮丽的洁白
以纯净的姿态和光同尘
竹林中那些拔节的喧响
正是我热烈的心跳
期待一个旭日初升的舞台

我在找寻一些星星
那些能够在暗夜发光的萤火
温暖也湿润着心的跳动
银河上演的假面舞会
蝙蝠一样昼伏夜行
让万籁之夜寂灭无声
我倚在城市的角落
如一根褪色的别针

不能也无法穿透这夜的漆黑
只好深深扎进自己的皮肤
以一个守夜人的姿势
让生命昂扬

是的,我一直在黑夜站立
为我期待的天亮时分
或许,这羸弱的身躯
已无力支撑这天空的沉重
但目光如炬,在烈火中烧
那个期待的念头恒久挺拔
旗帜一般迎风招展
我知道,当夜色黑透
就会有一些启明划破天际
那些跌落的星星
还有等待点燃的篝火
都会亮起眼睛
集结成一个温暖的旭日
这,就是黎明的到来

2023年2月24日夜写于广州南沙南北台

我很在意一些猪的模样

说实话，我很在意
一些龌龊的模样，或者苟活的意义
比方说猪，总是一副可憎的面目
满身的污浊丑陋成诗
一些粘裹着的恶臭不可名状
却有模有样地坐享其成
所有圈养的日子，都在等待
饲养者的供奉，还有美丽的屠刀

我很不屑，一些蜷缩的姿势
在时间如风的季节
卑微成至高的肉欲
吃喝等死的风景里
我看见一圈移动的丑陋
这满目肮脏的神话里
再无法激动我的诗行
我以睡倒的姿势，忍受
生命里注定的功败垂成

我很憎恶，那些快乐至死的梦
在虚无的世界里真实的昂扬
人如巨偶，我为蝼蚁
在活化的编年里
编年出人类的无奈
也在无奈的活化里
活化出一些时代的巨婴
我，或许也是一头猪
在看不见自己的世界里
总能蒙昧出一些思想
以至绵延不绝于整个生命
但我渴望崇高
就像鸟儿渴望蓝天
渴望着灵魂走出天界
走出自我的魔宠
还有失心的疯狂

2023 年 2 月 24 日晨写于广州南沙南北台

黄昏，黄山鲁

黄昏在路灯亮起时缓缓睡去
黄山鲁依然飘动着你的颜色
一双眼睛的灵动
巍峨出一个世界的高度
我在黄昏的街角
明媚地梳理你的睫毛
还有你琴弦一般的头发

黄昏之后，黄山鲁展开另一个宇宙
一些树和草们争相挺立
在有风的季节
以勇进的力量雕塑时光
你以自由为题
谱写生命的第二乐章

黄山鲁没有黄昏的街道
也没有偷窥的路灯
斑马线和禁行标志一同失效
只有风鼓舞的翅膀

把眼睛与睫毛的距离拉长
在宽阔的视野里
展望生命的张杨

黄山鲁的黄昏是蓝色的
天空是湛蓝的，海洋也是
眼睛是湛蓝的，心灵也是
树是湛蓝的，岩石也是
爱情是湛蓝的，玫瑰也是
风自黄昏起，也自黄昏落
交付出一个长宁的春日

2023 年 3 月 5 日夜写于广州南沙南北台

温汤，有关江右的一些想象

以地下千米的热忱和厚度
在流经和喷涌了十几个世纪之后
你依然故我，胸怀依旧
在八百里宽敞的滋养里
以乳汁一般的纯净和洁白
火把一般燃烧成旗帜，在江右
在万物森然的方寸里
因为爱，便让这亘古的冲动
永远流经，在人类存续的光阴

置身汤泉，于温软秀滑中洞天开朗
想象在陶渊明田园的诗行间
把生命留给土地，把躯体化为云烟
亦在欧阳修的文化变革里
点石烁金，再让一些黄庭坚们脱胎换骨
或许，杨万里的超凡脱俗
就是千万年袁州激情的绽放
还有汤显祖的盖世风华
都是江右人集体的舞蹈

浸泡在四月的温汤里，心境盎然
就像沐浴着春日的暖阳，舒适畅快

此刻，我想打开千年的冰封
还要捣毁恶意轮回的季节
让所有的酷暑严寒统统宵遁
还有那些危害人类的孽障
扫荡殆尽，或者交付沸腾的温汤
汇入人间温暖的清流，抑恶扬善
心念着四月的美好，在温汤里徜徉
以梦的形式出游，让阳光明媚
也以书写的快意，快意梦中的通透

2023 年 4 月 27 日晨写于宜春温汤池中

又见明月山

挥之不去的情愫
就像你连绵不绝的山峦
一些风，还有一些树的消息
如记忆中的碎片，潮汐般往复
多少次在梦中邂逅，你的妩媚
明明地伫立在武功山最耀眼的深处
飘带一般的烟岚，婀娜成韵
系在心中，快慰的明亮鲜活
如山中竞放的花朵，娇艳动人
微风拂过，轻巧地吻遍脸颊
如情话呢喃，亦如书信飞鸿
从我回望的双眸中，洞穿
我看见一只手捧着青花的手臂
穿过明月，还有缠绕在周遭的心思
从嫦娥的玉袖中滑落，一杯酒
或者一个世纪的凝望，就这么泼墨于
一个行者的口袋，不厌其烦地落入
一支铅笔和一地的情愁
我，或许只是一个毫不经意决定
便朝着满眼的明月和青翠的山林
礼拜垂成，依偎在八百里温汤的时光里

2023 年 4 月 27 日午夜写于宜春温汤

指掌江山

——观肖洪波指掌画有感

寄情于山水之间
肖写描摹，在笔墨丹青中开朗
洪荒的世界依然混沌
波光诡谲的人性扑朔迷离
唯纸砚独白，可以心托付
取森然万物于方寸
展无形于有意间，拈墨成山
以指尖之功移江川入韵
于臂肘之间推拓摩擦
绘松鹤仙风动静相宜
立万仞千山跃然于纸
常以明月为习，温软飘逸
也揽武功山入怀，挺拔苍劲
结天下文人墨客，游刃有余
交世间仁人义士，侠肝义胆
氤氲之下，笼罩起人间烟火
流水之间，盈动开百姓日常
一手一指，绘出天地雄厚
一肘一掌，劈开霞光满天
专情于瀚海丹青
愿持正守心，以表度天

2023年4月28日下午宜春至湘潭途中

今夜，穿过长沙

趁着暮春的最后一缕微风
趁着夜晚微醺的清醒
趁着假日跃跃欲试的人流
还有那些非物质想象，我在今夜
穿过岳麓山，穿过举世闻名的橘子洲
穿过马王堆，穿过万人空巷的花明楼
也穿过坡子街，穿过垂涎欲滴的火宫殿
寻找一些敬意，那些回荡在心头的歌声

在人类的缅怀中，不都是爱情
一些崇高的记忆，如天顶的圣火
昂扬着人类的头颅，在不甘中倔强
潇湘大地的味道，不仅仅是呛人的辣椒
还有一些厚重的历史，在上空
从商殷青铜的骨骼里，我们读楚河汉界
从盛唐人文的荟萃里，遥望孙吴的繁华
也从宋儒的弦歌里，瞭望红色的基因
一切从岳麓山开始，也从爱晚亭说起
总之，在这样一个夜晚

我将从长沙穿过

就像穿过一片海洋的鱼
那些瑰丽的图景和新奇的体验
如浪花托举，让灵魂漂移
思想如喷涌的火花，照亮额头
朝着有光的方向，展开爱的翅膀
我要去韶山，那个众人朝拜的圣地
以人性之素朴，寻找人民的敬畏
我要去浏阳，在苍坊美丽的溪畔
朝着人性的尊严，向人民跪拜
或许，我还要去很多地方
穿过的不仅仅是长沙，按照心的索引
寻找一些爱，那是有光的方向

2023 年 4 月 30 日凌晨写于湖南浏阳

清晨，看到一些狗

一群各种各样的狗
以聚集的方式
在一个院落匍匐
那些渴望的眼神儿
还有奋力摇动的尾巴
都以绝对的忠诚
向主人，频频颔首
直到一些狗粮
或者一块被主人啃剩的骨头
落入求生者的视野
那些贪婪的本性
瞬间挂满牙齿
还原出奴才的原相

清晨，我端端地看到了一些狗们
还有脖子上的绳索，以及吊牌
他们目光炯炯，警惕行人
以昂首的姿态，和灵敏的嗅觉
炫耀主人的门庭，还有权力的手杖
偶尔有汽车喇叭响起

或者一些风吹草动
它们便撕下伪善，露出牙齿
以护卫者的狼性和狠毒
撕咬一些贼盗，或者路人
在竭尽所能的每一个时刻
没有底线的表白
一些奴才固有的本性

或许、在狗们看来
这些得之不易的锁链和吊牌
就如主人紧握着的狗粮
或者卑微的生命，都在苟且中
折射出主子的得意
那些机警的耳朵，隔空而竖
还有锋利的獠牙，严阵以待
在这样一个充满敌意的清晨
狗们的无奈，写在湿漉漉的眼里
或许，这些狗之于它们的主人
不过如家丁，像玩偶一样
在圈养与施舍中，顺应
人与狗之间的某些规矩
以契约的方式，相互饲养
让人性与兽性在互动中媾和
极尽张扬世界的丑陋

2023 年 5 月 8 日凌晨写于广州南沙九王庙

城上邓家

有朋自远方来
临豫章，至进贤
入烟火深处，城上邓家
晨起，沿小径漫步
闻鸡鸣牛哞
暮尽，赏烟花飞溅
铺漫天花雨
今夜，我将远离城市
远离马达喧嚣和嘈杂废气
在这江南的世外
邀清风两袖
携明月入怀
醉卧在田园的深处

驰骋在乡间的明媚里
想念一个婀娜的女子
踩在漾满稻香的田垄上
以一曲清轻的旋律
叩响朦胧的清晨

此刻，我想揽一片青云入墨
在唐诗宋词的韵脚里
找寻一抹新绿
也在烟火里的初夏
邂逅一片温暖
在李渡浓烈的酒杯里
品出一朵娇艳的玫瑰

城上非城，只以一片清新
亮丽出一片土地
也豁达出一片苍穹
徜徉于阔大和亲善之间
任多少尘缘旧事
都在顷刻间出离游散
趁着初夏的清凉
还有微醺的诗意
我想描你入画
以纯色的笔墨
氤氲你动人的柔美
再以相思渲染
流连你多情的眼眸
这一袭流淌的浪漫
和着田间稻香的芳菲
流淌在城上邓家

流淌在灰瓦白墙之上
在古老龟裂的泥缝里
酿成一世记忆，随风
凝固在时间的河里

2023 年 5 月 14 日清晨于江西进贤城上邓家

匀上，香格里拉

昨夜有风，从挪威的森林
从亚当和夏娃的伊甸园中
从人类起初的星火里
流入云贵高原的垭口
流入都匀清凉的夏日
流入我期待已久的深怀
在匀上，你以自由女神的伫立
让季节豁然开朗
所有关于你的消息
都鲜明地撰刻在山语湖的记忆

半个多世纪的等待
一个纯粹的消息
从南中国海波涛汹涌的浪尖上
从灿若星海的苍穹里
从袅袅升腾的烟火处
等待一个声音
简单而纯粹，如放飞的翅膀
向着自由的高度，凌空而翔

我在深夜的枝头
在山语湖静谧的独语中
在匀上香格里拉的思想里
把一个世纪的向往
都寄托在你深情的怀抱

或许，这香格里拉的情怀
远远盛不下你沸腾的思绪
但这山野宽慰的风
还有静若处子的湖
如母亲的手，或者胸怀
足以安抚一万颗自由的心灵
在毕生的寻找中
在灵魂不懈的憧憬里
在所有人类图腾的旗帜上
我们以风为信，扯草为标
也指鹿为马，信步由心
掬一杯烈酒鲜衣怒马
捧一世情怀跃然纸上
在山中，在湖里
在眼前，也在心上

2023 年 5 月 26 日晨写于贵州都匀香格里拉

清晨的哭声

——纪念一个新生命的诞生

清晨，除了清新的阳光
还有一片初啼的声音
嘹亮出一个夏季的黎明
在一代代接力的种植里
把一串串生命的稻穗，摇响

晨曦中，一群人涉水深度
从旧石器的窠臼里，寻找
青铜的颜色，或者陶土的印迹
那些承载着土地记忆的生命
在历史的余温里，或隐或现
旗帜一般伴着太阳，坚定升起

像高举的太阳一样
我们也曾经被高高举起
然后在跌跌撞撞的成长里
从青涩到懵懂，以接力的方式
把另一个生命举过头顶
像太阳一样，悬挂出热烈

没有哪一章旋律,或者歌声
包括所有以梦为马的诗和远方
可以超越一个生命的呐喊
那些无序的啼哭和起初的纯净
或许,在以质问的方式
叫醒一个混沌的梦境,或者魔游

不要什么黄钟大吕的威仪
便不在意寸草的些微
我只愿以一个父亲的名义
把下一个父亲传给另一个父亲
也把一个生命交给另一个生命
然后,以生命的名义为生命命名

2023 年 6 月 29 日午时写于广州番禺沙湾

城堡

从幼年的梦想到终老的孤独
不断地寻找，一个本不属于自己
却似乎又唾手可得的坐标
从茜茜公主颠簸的马队
到卡夫卡没有建完的城堡
一些熟悉而又陌生的消息
近在咫尺，也远在天边
距离以天梯的姿势望而却步
无法想象，一个远在异乡的旅人
如何找到一条路，再打开那扇门

高耸的城堡，高耸出门栏的诱惑
也在刹那间，高耸出权力的任性
在金字塔耀眼的层级里
欲望是一介甜美的春药
在挥舞着追求和理想的旗帜上
涂抹一层层腐朽的膏粉
以张扬的手势，允诺一个春梦
在遥不可及的等待里

遥望一场遥不可及的梦想

或许，对于一个城堡的期待
或者生命的向往，都是一场徒劳
在荒诞不经的世界里，让孤独深重
也让一些腐朽的故事破茧成蝶
在通向城堡的奔赴中捉襟见肘
似是而非的感觉，都在梦醒时分
觉悟与觉醒，站在自己的世界
为他人画地为牢，以城堡的名义
继续招摇，人性的黑洞和人心的不轨

很多时候，我们都站在城堡之内
与离经叛道的鲜花和掌声一起
高耸入云，也离经叛道
如加缪的局外人，在默尔索的困惑里
高举着孤独、寂寞，甚至是绝望
与卡夫卡鲜明地对视
没有结果，就像无法完成的遗憾
没有一条路可以走向城堡
也没有一个城堡能有一条路
可以通达，那些疲惫的不堪和荒诞

2023 年 6 月 30 日深夜写于贵州都匀香格里拉

夏记斗蓬山

苗岭巍峨，以一个巨大的斗篷
在高原桥城，雄居而立
顺沿着楚文化的长河
在都匀毛尖醉人的香息里
寻找沅江之源，剑河蜿蜒
以泾渭的分明，区别开长江与珠水
在多彩黔南的缤纷里
让数十个民族休养生息
也让灿烂的华夏
丰满出刚劲的脊梁

草木摇曳，在古驿道间穿行
就像穿过历史，穿过经年的沧桑
在百家厂遗址，凭吊先民
凭吊一种精神，是何等的毅力
将如此的骁勇根植于山林之上
当铅华洗尽，在颓然的苍凉里
一队马帮的驼铃，由远而近
伴着青翠的光辉，在耳边吹拂

那些遥远的记忆，还有辛酸的故事
随时光流逝，在长满青苔的岁月里
缓缓尘封，也随日月慢慢开启

悬崖峭壁之上，战神挺立
从夜郎古国的传说里
传说着夜郎谷的传奇
在充满着一样神秘的天池里
龙潭深幽，以母亲的博大
让三江分流，滋养天下万物
合欢树下，和谐着分根合干的默契
手捻方竹，坚贞出芒刺的等待
彩虹瀑布，在太阳的余晖中
闪亮出云朵的模样，在心中飞溅
捂不住开裂的胸口，权且把心
安放，这一程山水中

2023 年 7 月 3 日下午写于贵州都匀香格里拉

夜读石板街

循着历史，寻找一片人类的火光
在多彩贵州的南大门
在百桥成城的都匀
沿着当年霞客游览的步道
丈量洪武年间文明的路径
踩在脚下的，七百年的光阴
让石头赋予出人类的温度
那些亮如镜面的折射，在心里
跌宕起伏，与古朴的街灯
一起述说，当年的小西门
还有当年那些骄傲的泥泞

砖红色的记忆，在砖红色的瓦墙上
映出历史的皱褶，岁月如风
在寂静与喧闹中打磨成诗
一万零一块形状各异的石板上
承载着人类的质量，一些故事
跃上房檐，绘出今天的雕梁画栋
或者随风飘逝，沉积于泥封瓦砾

有意无意地擦拭，一些亮丽或者污迹

透过深幽的街灯，还有熟悉的窗棂
在历经风霜的岁月里
那些悠悠的芦笙，悦耳的铜鼓
还有布依的蜡染，在一张张剪纸上
流动成河，逶迤在千载的剑江
以其绵绵之势，勃勃跳动
就像横贯在眼前的石板街
虽久经磨砺仍风雨弥坚
坚硬如初地挺举着生命
或许，这条灯影摇曳的古巷
就像生命的纹理一样
清晰地标识出人类文明的走向

2023 年 7 月 4 日上午写于贵州都匀香格里拉

晨游百子桥

由东向西，游走于剑江之上
在百余米的往返里，品读岁月
一些历史的接缝，如桥之生命
在风雨之中涅槃，也让时光打结
二百多年的熙攘里，一些传说
沸腾起一个城市的桅杆，高耸在
山水桥城的记忆里，没有巍峨的伫立
只有百姓的脚印，在历史的窗口
以记忆的碎片，朗读生命

剑江踊跃，以母亲的姿势
静静地卧在河面，用人类的哺育
支撑起百子的昂扬，也把根系
粗壮而有力地植入河畔，在聆听中
呼唤一个又一个生命的诞生
任流水轻吟，也由风雨涤荡
在岁月的潮起潮落处，看千帆共进
桥上的过往，怀揣着各种梦想
在诗和远方的奔赴里，彼此为桥
相互成就的牵连，便以使命的力量

在默默千年的等待里，默默守护
也在一次次默默地等待中，墨守千年

或许，每个生命都应该是一座桥
用连接的方式，成就一些梦想
以东之紫气，降祥瑞于人间
用南风之微拂，传知我意
在大地的滋养里，让思想挺拔
以如树的伸展，把人类的念想
知会天庭，在旭日的普照里
书写一些童话，或者传说

和着晨起的朝霞，还有溪水的清鸣
在行人匆匆的脚步里，记忆有我
在缓缓流淌的江水中，快乐有我
生命中一些古老的想象，一直留白
或许，就是这桥上南来北往的行人
穿梭或者编织的一些光影，摇晃着童年
那些天真的渴望，或者憧憬
在儿时的窗口，映像一般
模糊也清晰，像桥上的人来人往
深刻在心底的声音，一遍遍唤醒
对母亲的热爱，和生命的珍视

2023 年 7 月 10 日上午写于贵州都匀香格里拉

彻夜，自由在心中行走

盏盏街灯放亮，将黑暗覆盖黎明
我在繁花似锦的街角，暗自神伤
背靠着城市的繁华，无法藏匿
一颗醒着的心，不能摆渡僵硬的皮囊
一个声音唤起一双红肿的脚
在冰冷的马路，惊起串串落叶
多少次跃跃欲试，冲破围城
在朝思暮想的笔尖上，胜利出逃
那些有关梦想的流浪，或者惬意
就像被砰然砸破的墙洞，豁然开朗
千年不变的相思，火把通红
以照亮宇宙的光芒，燃烧自己

一片落叶的声音，可以随风
或以自由落体的方式，形销骨立
但身体和灵魂，总有一个在路上
不在黑夜里出发，便在黎明时抵达
这一夜，我就想做一片自由的叶子
沿着心灵的方向，把通体染满新绿

用生命最博大的力量，长出一双翅膀
在无垠的蓝天上，划出一些印痕
那些优美的诗行，都如磐石
坚硬地记录着一次又一次朝向
珍珠一般，撰刻着一生的神往

掀开夜的被角，任由寒霜刺激
我仰天长啸，将一腔的积郁
脱口而出，喷洒在绽放的街灯
星星眨起眼睛，以一树梅的独立
鼓舞着我，像小草一样迎风
站在峻峭的岩石之上，以花开的姿势
或者蝶的翩跹，化作一片片泓水
淹没白昼，溺死那些招摇的伪装
我只想，在我生命的海底
有一些干净的珊瑚和水草
还有一些鱼儿，自由地游曳
或者，再有一块荒草萋萋的土地
读书写字，也养兰植菊

2023年7月11日凌晨写于贵州都匀香格里拉

逃离北方

趁着黎明即起的蒙眬
趁着雄鸡还没有报晓的司晨
趁着心脏还有一些微弱的起搏
趁着，一双尚能迈动的老腿
趁着，心中那个不朽的神话
我在五更逃离，一心向南
向着生命的温度，快乐奔赴

北风呼号，劫掠出一块块伤痕
土地干渴，麦田在守望者的眼里失望
空气凝滞，冤魂在天空无奈的诉说
一场旷日持久的洪水，瞬间埋没
一些童话在炊烟升起时同框掩埋
决堤的狂欢，造就出一片狼藉
洗劫后的村庄，万物俱寂
在濒死的沉默里，一口冷气
倏然屹立，在伤痛的怀里

或许，没有人可以选择生的方式

如同庄稼人无心遗落的棋子
倘若没有被幸福地吹起
那就苟且出自己的头颅，原地降生
但我们都有向死的权利
让生命在倔强中任性出崇高
或许，我压根儿就不属于北方
在所有被动和主动的迁徙中
那些自由的漂泊，或者愤怒的离散
注定成为一种方式，为自由佐证

今天，我选择逃离
逃离生我养我的北方
逃离阳光，逃离一切被灼伤的恐惧
逃离土地，包括一切肆虐而来的洪流
逃离思念，逃离一切故土的亲情
逃离梦想，摒弃一切非我的想象
可是，我要去哪儿呢
去南方？那里或许又是另一个北方
或许，在将信将疑的世界里
只有罗刹海市的明媚和招摇
才能够指引生命的彷徨
南方的北方，北方的南方

2023 年 8 月 11 日凌晨写于北京大兴机场

洪荒

滔天的洪水，以亘古未有之势
掠过坚硬的堤坝，掠过干裂的河床
掠过街道，掠过村庄，掠过人群
直到掠过心灵的河流，一夜之间
我从炎热的酷暑，被高高地举到树尖
除了晦暗的天空，腐臭的气体
充斥在眼的，尽是一片片浩然的浑黄

洪水碾过汽车，碾过人流
碾过村头的小桥，也碾过炊烟
直到碾过我浑黄的老眼
在盛夏肆虐的季节，人性的认知
瞬间坍塌，就像眼前坍塌的堤坝
坍塌的村庄，还有一样坍塌的河流
举目滔天的洪水里，房屋在坍塌
庄稼在坍塌，树木也在坍塌
与生命一起坍塌的，还有收成与希望
在洪水浸淫的每一寸土地
史诗般的淹没，一些生存的权利

或许，再没有什么洪荒之力
能够逆转，我深刻在心的颓败

洪荒过后，再也找不到熟悉的村庄
熟悉的面孔，还有熟悉的味道
面目全非的世界里，唯有席卷
才能让高高在上的姿势，汪洋恣肆
在生命最后一刻的呐喊和哀鸣中
交响成功，以绝唱的悲凉
飘荡在宇宙，飘荡在时间的河流

洪荒过后，不忍卒读的劫掠
是满目的狼藉，还有遍体的疮痍
淹没的村庄，还有深陷在洪水的庄稼
水汽一般残喘，苟延着生命的存在
梦想不可名状，随洪水消弭
荒芜的土地，敷衍不出人类的希望
就像洪水覆盖过的生灵
要么被涂炭，要么被漂移
或许，在天定的法则里
唯有顺应，才是天定

2023 年 8 月 16 日晨写于贵州都匀香格里拉

晨之抽象

习惯以梦为马，也愿意结草成庐
习惯在漠上看清明的月亮
也陶醉海边温和的晓日
乐在草原的深处醉卧篝火
也梦想在云游中逍遥成风

趁着清晨月色的朦胧
趁着甜美梦乡的暧昧
趁着一些未曾遗忘的勇气
还有那个深入骨髓的追逐
以风暴之眼，打开天井
让三个季节的积聚
以绽放的姿势，誓师

城市睡去，夹杂着疲惫的呢喃
洒水车喷过额头，一片清凉
在宽阔的胸襟，开出一曲相思
一些退化的神经，瞬间唤醒
一栋栋楼宇，参天伟岸

在一杯纯粹的咖啡里，闪亮

入秋的酷暑，挣扎不出新意
蚱蜢的不甘，遗落出一些不齿
麻木的诗行里，一样麻痹着远方
夹在腋窝里的交响，如惺忪的睡眼
在清晨中醒来，也在醒来时迷蒙
一个声音，在购物广场的一角
隐约响起，像一张满是老茧的手
粗糙而慌乱，滑过我的心
还有，我心上的脸

2023年8月31日晨写于广州南沙南北台

台风来临

躲避，如经年的命定
在一次次涅槃中，渐次精致
如裤兜里的玩偶，在随意地揉捏中
快慰出生命的无奈，躲避
或许是唯一的方式，或可逃脱
在时光的苟且里，瑟瑟如风

中元之后，地狱再一次打开
魔鬼以天使的模样，摇旗呐喊
让海啸接踵而至，以飓风的席卷
有板有眼，从不同的方向
向着城市，乡村，还有我的麦田
蜂拥而至，撒旦裸露出牙齿
以风暴的狰狞，让人类蒙羞

生死去留间，躲之不及
那些自然的报复，或者上天的恩赐
都以恒定的法则，永世轮回
或许，一个性命的卑微

累如蝼蚁，不能承受的生命之重
唯有卷缩，在钢筋水泥的窠臼里
等待凄厉的雷声，或者骇人的风暴
在凝固的时空里，等待
一片旭日，或者一朵彩虹

2023 年 9 月 1 日晚上写于广州南沙南北台

暴风之眼

午夜的茶汤，没有酽出陆羽的笑容
无眠，在辗转间折磨出一些光亮
暴风肆虐的风景里，我捡起一只眼
在雷雨交加的彻夜，找寻
一些生命的安详，在风平浪静时
细数王莽的狰狞，用春秋的计法
透析一个时代，在人心中变迁

朱门庄严，柴犬们摇尾乞怜
偌大的街市，复读机疯狂售卖
人性的尊严，在倒立中成型
禾田腐败，蹂躏出月光的残破
劫掠过后的土地，苍茫出暴风的热烈
惊天的霹雳，夹杂着骇人的冰雪
席卷而来，被侵蚀的每一寸肌肤
瞬间碾成齑粉，在天空飘荡的
除了尘埃，还有一只暴风之眼
在无奈中记录，记录无奈

看吧！风暴中的那道光
不，是一束束温暖的太阳
以救赎者的福音，摇醒大地
还有，一排排高大伟岸的树
以擎天的气势，运交华盖
不在暴风中毁灭，就在暴风中涅槃
看吧！那蓬勃破晓的旭日
还有初上的华灯，以绽放的笑容
绽放出花朵的幸福，让岁月庸常
一杯茶，在暴风中穿越

2023 年 9 月 4 日下午写于广州南沙南北台

行走的声音

以无知无畏的勇气
把生命的第一声啼哭
记录在世，也把一生的呐喊
集中收纳，在悠长的岁月
一些未知的前生，还有后世
都以行走的仪轨
将所有的喜怒和不甘
湮没在生命的怀里

咿呀学语的蹒跚
摇晃出生命的无奈
草木在岩石下蛰伏
抬不起脆弱的颈项
走在既定的路上，将脚步
认真包裹，如缠脚的女人
在矜持中和缓世界
或许，那一卷布带的长度
或者纠缠的痛苦，就在
款款而行的时光里

让意义，散发在暮鼓晨钟

从来不想惊动这个世界
就像从来不敢惊醒自己
以没有态度的刻意
在悄无声息中，和光同尘
暴风肆虐的世界，唯有夏虫
用疯狂的独舞，纸醉金迷
落叶苍白，站在夕阳的尽头
用生命中最后一缕余晖
告别，在无声的迈动

月黑风高的世界
找不到一把闪亮的屠刀
那些与生命相关的梦想
开在河岸，荒草萋萋的深处
暗黑着行走的夜路
没有一盏灯，可以燃亮
现实的龌龊和生命的苟且
迈不动的脚步，无法丈量
生命的价值，也无法谛听
心声，就像无声的脚步
幻想是一个又一个萤火
在美丽的瞬间，破灭

心动，总有孱弱的信号
不断敲醒熟睡的黎明
让灵魂不死，昂扬出期待
潮汐一般，涌动起力量
冥冥中鼓舞双腿，让迈动
迎合着心跳的节拍
在万马齐喑的世界
吹奏一缕清音，晨曲一般
嘹亮出生命的温暖
也让脚步，坚实地迈出
人类的本质，和文明

2023 年 9 月 27 日上午写于广州南沙

月亮之上

月上中秋，嫦娥弯下眼眸
皎洁一地的思念，雪花般
潮汐漫卷，悬挂于月亮之上
绵延的诗行如浪花奔涌
在银河，也在我明媚的心房
向着故乡，温暖成方向

月光如水，玉兔点亮红烛
桂香自天宫弥漫，每一抹月光
都以舒展的文字落笔成辉
戚戚于心的念想，还有梦境
章回出童话里的浪漫
在月圆之时，沉醉

此刻，我将在月亮之上
以月光为笔，用歌德的构思
在天宫里书写，也在等候
一场旷达的世纪之约
在我如海的心楣，晶莹树立

将九百九十九朵玫瑰
点化出九百九十九轮明月
在家国的星空，致意

此刻，我就在月亮之上
用玉皇的威仪，普度仁爱
让清明之月点亮人间烟火
在金灿灿的麦田里，守望
天上的星光，和眼前的麦浪
用一首诗，或者一行字
在天庭，擎举一轮明媚
也在心中，升起点点星光

2023 年 9 月 30 日凌晨写于广州南沙

人生，是一段告别的旅程

从诞生开始，我们便开始告别
除了告别给予我们生命的生命
我们还将告别经历，也告别经验
告别生命中曾经出现的风景
向死而生的目标，不仅仅是宿命的追逐
也在烟火的岁月里，图腾或者崇拜
那些生命的姿势，燃烧着血液的流动
不息的脉搏里，昂扬出丽日和彩虹
照亮自己，也昭示和鼓舞未来

我们告别，放弃的不仅仅是爱
而是在有爱的风景里升腾
一些经年的风霜和雨雪
随时光飞逝，搁浅在生命的转角
不论是无奈的告别还是本能的放弃
也不论挥泪的道白还是微笑的离去
在生命的驿站里，镶嵌或者萦绕
以轨迹的方式，轮回交替
影子一般渐行渐远

我们告别，或许没有再见的期待
而是期待再见的生命里
有麦田守望，如鲜花绽放
让下一段旅途多一些回响
人生没有起点，在陌生的途程里
或漫不经心，或言不由衷
拼接一些故事或者片段
碎片一般编织出岁月的帘栊
以窗口的形式浓缩或者放大
沉积在时间的河流
浮萍一般壮丽在生命的路口
那些所谓标志的方向
一直都会以恒定的方式
向你，向我，也向我们
不断地告别

2023 年 2 月 19 日夜写于贵州都匀香格里拉

山语湖述怀

独对山语湖,还有暮春的风
在云贵高原的起处,徜徉
昨夜有雨,被梦浸湿的眼角
如春之甘露,缠绵地依偎
在多彩贵州的都匀,夜色清宁
一个人对月独酌,让心事交付
一些风,还有一些如风的云

从不与明月邀宠,也不计杯中得失
任时光缱绻,如湖水静谧
在笑而不答的对视中,沉浸
山不在高,能在韵致中自拔
水不在深,常在清朗处自信
攥不住时间的手,唯有举杯
用微醺的方式,快慰一些往事
还有一些理想,在淡然间释怀

不再,也不愿与俗世计较
那些抢夺的名利,如街角的垃圾

拥挤在一片恶臭的尿布
让龌龊在不堪的审判里定格
只想在山语湖温暖的怀里，独醉
那些银光铺展的湖水，如琼浆玉液
源源不断地流进喉管，闪闪地述说
那些旷世的情话，如微风细雨
绵绵地拍打，一颗沉静的心
还有一个纯洁的灵魂
酒酣耳热之际，我将以大地为琴
邀明月作伴，饮尽这天下玉露
也拈草为花，铺展人间锦绣
以滚烫之年华，泼墨山水
待千帆过尽，仍有满腔热烈
用心，在胸中澎湃
也用爱，在湖中安然

2023 年 5 月 4 日上午写于广州南沙南北台

梦中，我看到了风的颜色

一袭柔软的粉红
甜甜的，如争妍的桃花
把季节缠上美丽的颈项
脚步轻缓，踏出满眼新绿
玲珑的双手别出心裁
剪出一片盎然的沃野
报喜鸟在肩上停靠
让时间感受你的消息
哦，这是春日的颜色

用一种无形的伟岸
或者战神一般的力量
托起浩瀚的烈日
以燎原之势，点燃
三山五岳的篝火
在红色的燃烧里
把季节喧腾成火的海洋
蝉叫蛙鸣，在炙烤中
等待一场突然的雷雨

高挂出天边的彩虹
哦，这是夏季的颜色

灿灿的，盈满丰收的喜悦
金黄色的稻浪和麦田
染亮庄稼人的笑脸
一些梦想，或者渴望
在镰刀的挥舞里
想象成诗，收获的圆舞
激荡出季节的丰硕
把近在咫尺的远方
在垂手可得时一并套现
太阳金黄，与土地一起
被照亮的，还有人心和笑脸
哦，这是秋收的颜色

凛凛的，抖擞季节的恶意
以寒光的照射，直逼北斗
苍茫以席卷的方式
挺进原野，也挺进心门
在瑟瑟发抖的路上
没有坐标，苟延的行走
为一些生命的迹象
或者孱弱的呼吸

在呼号里，证实存在
灵魂，在身体的挟裹里
以死亡的顿止，对抗苍茫
也在苍茫的对峙中，决然
哦，这是凛冬的颜色

2023年11月9日上午写于贵州都匀香格里拉

拐杖

未能,或者来不及成为栋梁
便以不可或缺的身份,参与生命
所有的逆行,或者黑暗的探索
都以竭力的支持,在抵达中
成为光明的手指,引导前路
用肩膀的力量,征服崎岖
也用毕生的忠诚,承负使命

残障的世界,不完美地支撑起
一条坑坑洼洼的路,让弯曲的时间
在怒江七十二拐的深处,耀眼
像一棵大树,或者一个方向的启明
在险象环生的风里,以最大的公约
换算安全的方式,每一次赶考
都以首悬梁,忠勇孝悌

天生我材,在夭折的梦想里
折射参天的伟岸,渺小的世界
乜斜出渺小的价值,为失去的光明

点亮黑暗，也为爬行的人类
再造一副肢体，以己之粗鄙
甘为人梯，用一个枝丫的力量
称重社稷的斤两，也用不屑的存在
丈量人性的温度，在默然中
以一根铁骨，铮铮闪亮

2023 年 11 月 21 日凌晨写于广州南沙

归田园赋

择一块荒田
以入世的姿态
抡起生锈的锄头
置身于山林野径
在阡陌纵横的错落间
劈开心中的沟壑
以无知者的模样
摘花种草看云
在植根土地的宽厚里
轻捻生命的豁达

搭一间茅屋
以流浪者的修为
扛起肩头的岁月
置执念于世外
在披星戴月的晴空下
捣毁梦想的海市
以有梦人的追求
饮酒吃茶赏月

在野叟般的童趣里
抽取岁月的闲适

选一本闲书
以出世者的精明
掀翻岁月的荒芜
痴迷于无解的文字
在精致奢华的扉页上
解构人性的疯狂
以痴呆患者的残缺
看书写字吟诗
在人文修葺的桎梏里
找寻书写的本真

得一弯明月
以渡劫者的心怀
建构自己的灯塔
徜徉于星空的深处
在清明秀丽的山水间
种植灿烂的麦田
以悟道者的空灵
吃斋念佛修行
在乐乎于自然的超脱中
铺展远方的诗行

2023年11月26日凌晨写于广州南沙

生活，都在品饮中

回真守拙，远离城市的喧嚣
寻一墅清净的别院，在闲适中
煮一壶清茗，让时光流转
在山水之间，亦在岁月之上
涤去尘世的疲惫，留住当下清香
将汹涌，或者浮躁的油腻
喝到水静无波，清明净朗
让日常清浅，慢度安然

持一杯浊酒，看云卷星散
在品饮间，种一份恬淡
入骨的通达，自得于天乐
蒿草的欢愉不在崇高
就像野鹤，在于山水之间
由少年临风而立，怡情自然
在旷达中，任红尘过往
权凭一杯酒，用高举的热烈
唤得肉体脱俗，云蒸霞蔚

世事无常，都在品饮间享受
一些喜怒或者哀乐，在举手间
概如白驹过隙，飞短流长
既然不能左右日月，或者山水
就让山归于山，让水归于水
让云归于天空，让心归于田土
掬一捧经年的水，或者一碗酒
在品饮中，一路向暖

2023 年 12 月 22 日上午写于贵州都匀香格里拉

秋月

夏日奔跑的列车
一站接一站，传递
多余的热烈，高温难耐
焦躁如火炼一样，灼痛
树荫耷拉着眼皮
有气无力地等待
一缕风，或者一场雨
以季风的涤荡，催醒
下一个季节的到来

时间的月台，牛角一般
升起弯弯的凉和，渡船
从辽远的前世，承载
岁月的沉重，鸿毛一般
飘荡在记忆的帘栊
在心的远处，湖水清澈
如悬挂着的眸子，明亮皎洁
在溪水倒映的星河，滑入
一段流动的时光，或者

一行清浅的文字

依稀可见，寂静的树梢上
有一个洁白的念想，翘首以待
那幅年年月月都被高举的梦想
如久长的思念，倾泻而来
留在心楣间的那棵红痣
调羹一般搅起岁月的沧桑
顺着指尖，漫过脚踝
乘着长长的列车，远足
或许，就在下一个路口
相遇，或者同行

2023 年 7 月 14 日下午写于广西钟山

拭目以待

混沌之中，我以半个世纪的老泪
纵横于天地，企图用一些液体
擦亮一个世界，或者寄情于文字
让一些老朽的想法和无辜的期待
在某个清晨，惊醒于一个春梦
在憧憬与错愕间，拭目

我在失望中等待，也在等待中失望
黎明的树上，没有确切的消息
报晓的雄鸡梗直着脖子，声音微弱
无法叫醒的世界，睡态安然
一头驴，暗无天日地追逐
将一个迷梦，缠绕在坚挺磐石
在期待与纠缠中，拭目

秋天的深黄里，埋伏起一些落叶
和着渐凉的北风，罩出一片寒意
禾谷战栗，等待一场预期的屠戮

在丰收者的眼里，功败垂成
剎割后的土地，胡楂一般
苟且出一些笑意，写在忧郁的眼里
在僵硬的腮帮上，拭目

我在黎明中醒来，也在黎明中睡去
黑夜里的等待，焦虑而漫长
乌鸦的消息，一直挂在树梢
响亮夺目，像高音喇叭的回眸
以震彻的力量，将生命集结
旧世界的广场上，没有和平的鸽哨
甚至一片云朵，都以雕塑的姿态
粉墨登场，盛装出一场风暴的席卷
在潮湿的腋窝里，拭目

2023 年 9 月 21 日上午写于广州南沙南北台

登黄山鲁与丫丫邂逅

——致苏格拉底

端坐在黄山鲁的制高点
俯瞰着珠江口暗涌的潮汐
你一脸踌躇
用你传世经典的提问
穿越时空中所有的稻浪和麦田
让昂扬的生命再一次点燃
在苍茫的宇宙深处
在空旷的雪野尽头
在崇高的喜马拉雅之巅
在神圣的雅典神庙的石级上
在柏拉图建构的理想国
让欲望在冥想中徜徉

丫丫是谁
丫丫在哪儿
丫丫将要去哪里
一场硕大的风雪之后
珠江被冻结在北方
黄山鲁也被粉碎成各种矿石

你站回原地
重新把自己石化
我在你流淌的风里
明媚地看到了一双手
冻僵在严冬的屋檐

丫丫在哪儿
或者到底是谁
你笑而不答
在不确定的言语里确定着方位
从你绞结的暧昧里
我看到一朵金黄的麦穗
挺举着你嘹亮的额头
每一次不经意的举目
都是一篇火热的诗行
或许,这暗自的思恋里
才茁壮出你伟岸的追求
或许,只有这样的遥望
才可以维系这憾世的爱情
我远远地望着你
就像你远远地望着丫丫
或许,这不动声色的闪亮
才是经典传颂的丰硕

2022 年 11 月 17 日午时写于广州南沙金茂湾

在诗行里我们寻找丫丫

——再致苏格拉底

扒开天空
扒开所有的银河星际
也扒开所有的云朵和迷雾
我们寻找一首诗
一个月亮或者一个远方
不,或许就是一颗悬浮的麦粒
那就是你的丫丫
也是我们的丫丫
那是一团火,燃烧的心灯
以一双眼睛的明媚
鼓励着寻找的力量
风雨无阻,雷电不惧
一个毕生的念想
就是寻找,那个确定的方向

扒开大地
扒开所有的山川湖海
也扒开所有我们寄生的土地
我们寻找一份爱

一个生存的权利或者根据
不，哪怕给我一次高呼的理由
那就是我们的丫丫
你赖以生存的时光里
那是一颗心，沸腾着的远方
以一首诗的追随
沐浴着灵魂的脚步
百折不摧，初心不改
一个生命的力量
就该张扬，那些爱的翅膀

扒开人群
扒开所有的美丽和丑陋
也扒开所有的谎言与暧昧
在满眼荒芜的世界里
寻找一缕阳光的青翠
或者，一个简洁的拥吻
不，即便是一个暧昧的眼神
就足以慰藉你的心头
丫丫重启的日月
那是一首诗，依偎着远方
以一世温暖的守望
陪伴季节的轮替
山高水远，百折不回

一个信念的笃定
只为花开，那些自由的生长

扒开诗行
扒开一个个方形的汉字
也扒开所有的虚假与蒙骗
在大行于市的叫卖里
寻找一处安然和自在
或许，一个简单的手势
不，哪怕是一个干净的册页
就可以挥动你心头的渴望
把我们千呼万唤的丫丫
种成一棵树，伫立并昂扬
爱以不变的轨迹
深藏在心里的每一道褶皱
也安静地凝望于每一寸时光
时间不复，历久弥坚
那些藏在心底的诗和远方
唯有托付，那些时间的河流

2022 年 11 月 26 日午间写于广州南沙金茂湾

牛弹琴

躬身前行,我用弯曲的脊背
驰骋于土地,用暴露的青筋
终结刀耕火种,也用信念
收获着人类的嘉许,用颂歌的呼唤
将啼血的忠魂,座右铭一般
筑起一道道巍峨,也用执着
效命于土地,还有沉甸甸的麦田
条条鞭影,策动出犁铧的欢乐
斯是使命,谱写生命的赞歌

我不懂琴,更别说什么清角之操
在公明仪的眼里,充耳不闻
一些所谓的高雅,在殿堂之上
曲高和寡,既不能浇灌土地
也不能收获笑脸,在人类的记事本上
我不能故作姿态,用文艺的方式
粉饰太平,也不能装聋作哑
听不见土地的回声,孺子的力量
在于耕耘,在于百姓的心田

我根本不需要，所谓的黄钟大吕
更不想深究，几根干枯的指头
在一样干枯的线绳上，用怎样的方式
余音绕梁，又用怎样的惺惺作态
蒙蔽被蒙蔽的眼睛，在高山流水之间
我只愿谛听大地的回声，麦田的摇响
还有孩子们的笑语，牧童一般
吹起收获的节奏，歌舞升平
至于什么对牛弹琴，还是对琴谈牛
我只以轻蔑，还以轻蔑

2023 年 12 月 6 日凌晨写于广州南沙

时间，或者过去

年少时，我们仰望星空
凭一份轻狂，长出太多的翅膀
不知道天高地厚，路有多长
也不管风急浪高，世态炎凉
权仗一腔火热，以冲动的执念
无知无畏，在勇敢和荒唐之间
用拉长的影子，为青春背书
也为理想，消费莫名的高贵
一些影子或者记忆，在风里凌乱
也在时间的掀翻里，诀别

没有谁可以拒绝一个影子
阳光下直立，或者黑暗中苟合
也没有人可以据止时间
在永恒的流淌里，用不变的绝对
审理世事，也以风的树立
用时间梳理过往，在展望里
与过去握别，就像握别自己
站在时间的风里，将一双手

搭在眉梢，搭在已经翻开的书页
把事件交给时间，从今天开始
让过去成为过去，在掀翻中
走马风景，也假象意义

终有一场雪，在未知的世界
以命定的方式，降落或者飘散
不深究一些闪失，由时间过往
也不在意什么相见恨晚，缘起
皆在当下，在流淌的风里
把时间交给时间，让自己成为自己
让花成花，把世界还给世界
由山水一程，各自安好

2023 年 12 月 15 日早晨写于贵州都匀香格里拉

盲盒

基于一种构陷
在确定的索取里
以不确定的刺激
勾画出一个个期待
在燃烧着欲望的眼里
一些情绪被激发
在盲目的寻找中
寻找盲目的快乐

娱乐至死的季节
疯狂的翅膀被点燃
目标精确的计算
计算出人类的迷茫
莫可名状的追求
在未知的预期里
寄予惊喜或者厚望
一些失落和沮丧
在昂扬的等待中
等待茫然的错落

终于一场刺激
在多巴胺沸腾的脑洞
以打开的方式
让盲目顺遂
在未知的渴望里
把惊奇藏进梦想
藏进一场无辜的浪漫
子虚乌有的备忘
图腾于一场游戏
在精于隐藏的世界
将无知寄望于未知
也在未知的未来
用无知确认无知

2023 年 12 月 16 日午时写于贵州都匀香格里拉

后　记

与雪相关，我的眼前，或者心中，经常都有一些晶状的飘落。那些零星的孤寂和无助，还有成群的围殴，或者结伴的撕咬，在生命中常新。小时候，我经常遥望窗外，透过那些结着冰凌的玻璃，细数洁白的雪花，从天上降落，从树梢起飞，从眉宇间散发……

20 世纪 80 年代，从参军的时候起，雪，离我越来越远，远到无法触摸，甚至无法企及，奢侈品一般成为珍贵的记忆。我喜欢雪，向往洁白无瑕的世界，柔软，和谐；我敬畏雪，因为仰视纯粹，即使粉身，也能够以覆盖的形式统一完美；我是深爱着雪的，就像深记一场刻骨铭心的爱恋，在植入血液时，也嵌进诗行。

冥冥中，总感觉在一个清晨，习惯地推开重重的屋门，当然还有厚厚的积雪。在一片纯色的世界，用一双纯色的眼睛，在一样纯粹的雪野中，印刷一样纯粹的脚印。那时的我，或者年轻的我们，梦想就像雪舞，纯粹的在人间降临，每一次幸福的飘落，都以纯粹的样式，展望未来的美好。只要有一抹阳光，笑容就会像雪花一样绽放，瞬间将童心融化。

时光荏苒。转眼间，已至知非之年。时间的风和着岁月的积雪，常使我在风中聆听，也在雪中伫立。任凭寒风刺骨，凛冽交加，心头总有一腔火热。那些按捺不住的情绪，亦如节拍，总能掀响生命的鸽哨，概如使徒一般，成为行者的动力。南方无雪，只能在心中期待，或者冥想。于是，生命中的每一次照亮，或者灵魂的每一次悸动，都如一场雪，在每一次飘落中；都以最美的姿态，深刻于心。

无疑，我们再也不找回当年的飘落。那时的雪，纯粹而精美；那时的心，纯净而温暖；那时的眼，纯真而富有。那个时候的我们，在凛冬高举太阳，也在寒风中怀抱篝火，还有一些刚刚萌发的爱情，亦在飘雪时被点亮。那些生命的滋味，在一个个充满遐想的雪季，唾手可得。或者，只要许下一个愿望，就能够在这个洁白的世界，轻松相遇。而今，我们容颜已老，记忆随时间而冲淡。但那些雪花，那些六角形的舞蹈，那些深刻在心底的巍峨，就像坚不可摧的信念，灯塔一般明亮如炬。世事如棋，在翻手之间，诸事难料，亦在覆手之际。作为一个时代的旁观者，置其身难免不无动于衷，于是，一些思想被点燃，或者一些情感被感化，在时代的波形里，用一些鸡零狗碎，记录时间的情绪，以风吹的方式，点化一些雪落。

值此付梓之际，感谢《诗歌前线》，感谢《现代诗歌》，感谢《西南文学》，也感谢这一年来经常给予我鼓励和关心的亲朋挚友，对于一个凌晨写作者的支持和宽爱。同时感谢文化发展出版社，感谢凌翔先生，感谢在百忙中为本书作序的刘笑伟先生和亓安民先生，承蒙不吝赐教，在此一并致谢！

作者于2023年12月2日晨